ビジネスエリートの新論語

司馬遼太郎

文春新書

1110

刊行にあたり

本書は昭和三〇年、産経新聞記者であった司馬遼太郎氏が、本名、福田定一名で刊行した『名言随筆サラリーマン ユーモア新論語』を元本としています。内容の充実度はもとより、作家司馬遼太郎を研究する上での高い価値をも鑑み、復刊の運びとなりました。

尚、本書には今日では不適切とされる表現が散見されますが、とりわけ差別や偏見を助長しかねない記述については、著作権継承者と協議のうえ一部変更しました。原則としては執筆当時の時代状況を考えて原文を尊重しております。ご理解賜りますようお願い申し上げます。

文藝春秋

ビジネスエリートの新論語

目次

この本を読んで下さる方へ

第一部

第二部

この本を読んで下さる方へ

こうした本を書けといわれた最初、サラリーマン生活の支柱になるような、古今東西の金言名句を中心にということであった。

大工さんには大工さんの金言がある。その職業技術の血統が、何百年をかけて生んだ経験と叡智の珠玉なのだ。植木職でも陶工の世界でも同じことがいえよう。

さて、サラリーマンの場合である。いったい、そんなものがあるだろうか。私は考えこんでしまった。どうやら、この職業の伝統にはそうしたものはなさそうなのである。

ないということは、この職業の本質そのものに関係がありそうな気がする。この本の中にもあるように、末川博博士は「一体、月給取りを職業と思っているのだろうか」という意味のことをいっておられる。なるほど、学者、技術家、芸術家などの職業感覚からみれば、まことにオカシナ職業の座にサラリーマンというものは座っている。このでんでゆけば、あなたの職業は？――はア、会計課員ですと答えるのが正しい。ボウバクと「月給取りであります」なんぞは、論理として多少明晰を欠くウラミがある。

じつにサラリーマンたるや、きょうは営業課員であっても、あすは庶務課員もしくは厚生寮カントク員と名乗らねばならぬかもしれぬ宿命をもっている。「職業」がへんてんとして変るのだ。二十四歳で庶務課員となり三十年ひとすじに同業を貫徹いたしましたなぞは、この社会では尊敬をうけないのである。しぜん、他の職業ほどには、職業そのものに関する金言名句がすくないのも無理はない。あるとすれば、職業そのものよりも、サラリーマンという悲しくもまた楽しい人生者としての処世の警句ぐらいのものであろう。

私は、この本で日本のサラリーマンの原型をサムライにもとめた。そのサムライも発生から数百年間、サラリーマンではなかった。戦闘技術者という、レッキとした、末川さんのいう職業人であったのだ。だから当然、イクサの駈けひきや、刀槍の使い方、戦陣での心得などの面で、彼らの行動や思考のヒントになる金言が山とあった。ところが、徳川幕府の平和政策は、いちように彼らをサラリーマン化してしまったのである。もはや、刀槍をふりまわす殺人家としての金言は要らない。が、彼らのブッソウなキバは抜いてしまったものの、平凡な俸禄生活者としての公務員に甘んじさせるために何らかの〝サラリーマン哲学〟が要った。

これが儒教というやつである。その前の時代までは、せいぜい僧侶の知的玩具にしかすぎなかったこの実用哲学が、ホコリを払ってサラリーマン教範として武士という公務員の上に君臨した。

儒教の中でも、ことに朱子の理論体系が幕府の気に入り、多少の革命思想をふくむ陽明学などは異学として禁じたほどだった。いずれにせよ、儒教のバイブル「論語」が、江戸サラリーマンの公私万般におよんだ金科玉条であったわけである。

「論語」のなかでは「君子」ということばが、さんざん使われている。「君子人《ひと》カ、君子人《ひと》ナリ」といったように、孔子のえがいた理想的哲人を現わす語であったようである。しかし「論語」は政治哲学の匂いが濃い。したがって「君子ハカクアルベシ」

と孔子がいう場合、ズバリといえば「役人ハカクアルベシ」ということなのだ。美称でいえば牧民者、実質的には中国の古代サラリーマンの倫理綱領であり、処世訓なのだ。だからこそ「君子、アヤフキニチカヨラズ」などと、まるで卑俗な明哲保身の術を教えているのである。

ところで、私の本には「ユーモア新論語」という副題がふられている。なにも、孔子さまの向うを張って、昭和の論語を編むというオソルベキ考えはサラサラない。なにぶん、孔子さまとは、天の星と地のミミズほどのちがいもある薄汚れた安サラリーマンなのである。気よう気ままに書いた楽書にすぎない。アプレサラリーマンらしいフテイさも、当然まじっていよう。その点からいえば、一種の〝悪書〟であるかもしれない。

ただ幸いにも、私は新聞記者という職業についている。この職業は、一種の内地留学ともいうべきフシギな体験のできる職業なのだ。十年のあいだに、私は、警察、裁判所、府庁、大学などと、五六ケ所の受持を遍歴した。たとえば、府庁を受持った二年間というものは、ミイラとりがミイラになるというのか、その職場の動きを観察するうち、その職場の特有の生活感情に染まって自分とは異質な職業人と哀歓を共にするようになった。この本の活字の裏には、かつて私と日常を共にしてきた下級警察官や大学事務員、地方公務員などの生活感情が、私なりに混和されて流れていると思っている。数種の職業を心理的に体験したことがあるいは著者がいえる唯一の手前ミソかもしれない。

昭和三十年九月二十五日

福《ふく》田《だ》定《てい》一《いち》

（司馬遼太郎）

第一部

サラリーマンの元祖

益なくして厚き禄《ろく》をうくるは窃《ぬす》むなり。

〈大江広元座右訓〉

ムカシバナシに興のうすい人は大江広元《おおえのひろもと》という人物をご記憶ないかもしれない。立場はちがうが、源義経や武蔵坊弁慶、静御前などとは顔見知りの人物である。

つまり英雄豪傑雲のごとく輩出した鎌倉幕府の草創期にあらわれた人物なのだ。が、ご当人、太刀をタバサみ、烏帽子《えぼし》をかぶって一見堂々たるサムライの風体《ふうてい》はしていたが、敵と組打ちする腕力もなければ、素ッ首をはねる物騒な技術も持っていない。おそらくヒゲでも当る以外、刃物をあつかったことがないという至極威勢のよくない鎌倉武士なのである。

ただ、ガクはあった。このガクというやつ、今のように駅弁の売るところ必ず大学あり、年々十四万名、自衛隊に換算すれば十コ師団もの学士諸君が量産される時代とちがって、当時の新生都市カマクラには文字らしい文字を知っている者はかぞえるほどしかいなかった。頼朝の家人《けにん》きっての豪傑和田義盛《わだのよしもり》などは「書ハ名ヲ記スルニ足ル」との項羽《こうう》の名文句をひいてむしろオノレの無学を自慢にしていたくらいである。たとえば義経股肱の家来どものなかでも字を読めたのは叡山で多少習ったおぼえのある弁慶ぐらいのものだったから、おそらく勧進帳を読みあげたさいも、聞き手の関守富樫《とがし》は無学、なにがなんだかサッパリわからず弁慶づれの学殖にシテヤラレ、まずガックリ劣等感を感じたものと思われる。

というような時代だったから、インテリの相場は大したものだったろうとは、想像にかたくあるまい。

大江広元は根ッからの鎌倉育ちではない。生れは京都。れっきとした都会ッ子だった。オヤジは名門藤原ノナニガシと自称していたが、こいつはあやしい。じつは、オフクロが再縁した下級公卿の家で人と成り、少年時代は大いに秀才をうたわれたが、万事家柄の時代だから門地もコネ（コネクション）もない彼は、いくらガクがあっても朝廷の物書き役人程度から一向にウダツがあがらず、毎日クサリきっていた。

そこに眼をつけたのが頼朝なのである。カマクラに新政府をつくったものの、手下ときては戦場往来の古強者《ふるつわもの》ばかりで、毎日ベントウもちで新政府にやってきては、殺人時代の駄ボラばかり吹いている。書類を作れといっても筆の先をナメてばかりいて、ヒラガナひとつ書けやしない。こういう奴らを相手にしていてはせっかくの新政府も開店休業になるオソレがあるから、インテリのみやこ京都を物色してなるべく名門の出でない奴で練達の事務屋はいないかとたずねまわったところ、なるほどいた。明法学者といって、今でいえば法学士なのである。大江広元、当時従五位ノ下《げ》。

さっそく引抜きの使者をやって、

「正四位にするぜ」

と、ポンと出た。月給も十倍は出すという。広元にしちゃ、当時のカマクラ政府は、京都の朝廷が認めた公認の政府でないから多少インチキ会社じみた印象をうけていたのだが、エエイここんとこが男の運の定《さだ》めどこだと、思いきって身売りをし、はるばる東《あずま》の国に下向《げこう》したところ、なんとはじめから公文所別当、つまり政府の事務総長みたいな栄職にありついてしまった。

いわば、彼はサラリーマンの元祖なのである。

事務能力を買われて引抜かれたなどとは、彼の以前に史上誰もない。しかも武家政治のおヒザモトにいながら事務の筆一本で所領数カ国にわたるベラボウな高給を食《は》むにいたったのである。

このサラリーマンの元祖は、やることなすこと、善悪ことごとく今日《こんにち》のサラリーマンの範となすべきものだった。

その明哲保身ぶりをみてもわかる。

鎌倉幕府というものほど、殺気に満ちた権謀の府は、史上なかった。親子兄弟といえども油断はできない。御大頼朝が庶弟義経を殺して以後、つぎつぎと草創の功臣を謀殺してゆき頼朝の没後実権をにぎった北条氏も、頼朝の子孫やその老臣をほとんど殺しつくし、血にぬれた手で権力の土台を固めていったのだが、この動揺常ない政変の府と、血風日ごとうずまくサロン・カマクラにあって、わが事務総長大江広元氏はまるで幻術師のような変幻さでその地歩を温存し通し、七十八歳の天寿を全うして、鎌倉人物史上めずらしくもタタミの上で大往生をとげたのである。まことにハヤ、元祖の名にそむかぬ大サラリーマンであった。

では、サラリーマン大江広元の処世の秘ケツは何であったか。

むろん、権謀の名人だということもある。たとえば義経が兄頼朝の怒りで窮地に追いこまれたときも、彼は義経からの頼みをうけ、頼朝に一応のとりなしをしている。が、それで一応の義理は果した以上、それ以上のことはしなかった。それ以上のことは義に殉じたがるカマクラ・ブシのすることで、カマクラ・サラリーマンであった彼の本領ではない。義経がついに全国総手配をうけ、悲劇の流浪に追いやられたときも彼はなにもしなかったし、それどころか、奥州での義経窮死後、頼朝に「スピード検挙出来なかったのは、警察網がまるっきりお粗末だったからですよ」と、その後武家政治の骨格となった守護地頭制度の設置を献策している。

頼朝が死に、愚物頼家が立ってから、仲間の老臣とかたらって、頼朝旗上げ以来の功臣梶原景時を排斥しようと連判状をとって頼家を動かし、直接手を下すことなく景時をマンマとほろぼしてしまった。もっともこれは景時のほうに分《ぶ》がなかった。この人物は義経が平家追討司令官だったころ、軍監をカサにきて義経を嫁イビリしたことで知られている。ずいぶんと底意地が悪かったうえ、頼朝死後はことごとに元勲をハナにかけて専横のフルマイのあったいわば鎌倉じゅうの鼻ツマミ者なのである。

その後やや精神分裂の気味のあった若き将軍頼家が政治をもてあそび驕激な幕府改革を楽しむようになると、広元は「ああいう社長を戴いてちゃ会社もつぶれますよ」と、専務の北条時政と計って、まず頼家をバック・アップしていた岳父比企能員《ひきよしかず》を誘殺し、頼家を押しこめて実朝を三代将軍にたてた。このころから社長職はまったく空名となり、事実上の社長は北条時政父子になっていたのだが、広元はこの新しい権力者とごく自然なかたちで近づくようになり、その後、北条家にとっては目の上のコブであった畠山重忠、平賀朝雅、宇都宮頼綱などの殺害に参加し、それも直接兵を動かしたのではなく、もっぱらチエブクロを貸すだけにとどめている。

以上のことでもわかるとおり、古今無双ともいうべき保身の達人だった。

保身に成功した第一の理由は、保身家のくせに游泳家ではなかったことである。決して彼は、積極的に出世を企てようとは思いもせず、しもしなかった。専務や社長になろうとは思わなかったのである。出世のために人の頭をフンづけ、押しのけ、謀殺するというようなことはしなかった。謀殺を建議し、その謀議に加わったことはあっても自分一個の利害から発したものでないというスジが通っていたのである。すべて、お家のため、カマクラ・システムの安定のためという自他ともに認めた〝大義名分〟があった。だから、ずいぶん人を殺したが、フシギと人のウラミは買っていない。ばかりか、一殺ごと、世論の尊敬を増すという、まことにズルい君子人だったのである。

さらに、ハカリゴトには参加したが直接の下手人にはなっていない。「ぼくは荒《あら》事がニガ手なんでね。北条さん、あんたはそのほうの専門家だから、まかしとくよ」と、相手のツカ頭《がしら》あたりを扇子で叩いて、自分のヒューマニズムには黒星をつけなかった。

というようなポーズの問題よりも、彼を保身に成功させた最大の理由は、その卓絶した行政能力なのだ。能力のあるうえに、ベラボウな仕事熱心なのである。朝、鶏鳴とともに起きて役所へ出、昼までに百人の書類を閲し夜までに百件の公事《くじ》を裁いたという。幕府の草創時代だから、主《おも》は土地問題のゴタゴタだ。せっかく武功の代償にもらった土地が、いざ赴任してみると前任者が頑張って領地の中に入れない。「過ぐる宇治川の戦いの働きを賞でられ、ホレ、このお墨付のとおり鎌倉殿からオレ様が頂戴したのだ」「何をぬかす。オレはもとこそ平軍の中にあったが、黄瀬川以来鎌倉殿に随身し、その功によって本領安堵のお墨付をもらったのだ。欲しいなら弓矢でとれ」こういう殺伐な争いを、明哲な頭脳で決裁してゆくのである。日に何人となく、荒ッぽい鎌倉武士が太刀のコジリをあげてドナリこんでくる。それがひとたび広元の裁きにかかるとネコのようにおとなしく帰ってゆく。もっとも例外はあった。豪雄和田義盛などはどうしても広元の裁定に屈せず「どう考えてもオレの武勲の割には恩賞が低くすぎる」といきまき「こうなれば和田一族の実力に訴えても」と不穏の形勢を示したから、広元は重役の北条時政父子あたりに進言して「あんなのはイケマセンな。天下はすでに平和になっています。文治の時代です。いつまでも戦乱当時の武功を誇りにして粗暴増長のフルマイのあるのは、かえって秩序のためによくないです」……やがて一徹な老将和田義盛は、鎌倉市街戦で幕府軍とはなばなしく戦い、ついに一族ことごとく果ててしまった。名将畠山重忠父子も同様のイキサツで一手に幕府軍を引受け非業の最期をとげている。

すべて鎌倉のシステムが、平家討伐当時の戦闘員システムから秩序維持のための行政システムに移行しようとする過渡期の悲劇であった。頑固に戦闘員としての誇りと権能を固執しようとする和田義盛らの老将は次第に抹殺されてゆき、鎌倉の新たな主人公としてサラリーマン武士が登場して、その頂点に大江広元の座があったのである。

いわば武士は現業員であり、広元らは事務所のホワイト・カラーであったわけだが、武技も兵力ももたないホワイト・カラーにとっては、その地位を保持するためにはシステムのために役立つという以外になかった。役に立つ、その一事のために広元はすべての才能と努力をかけつくしている。しかも彼は、自分一個の私利のために才能を使わず、また一党一派の利のために走狗をつとめるということもしなかった。すべて彼の思考と行動の基準は、鎌倉秩序のためということにあったのである。役に立つ上に、公正、これではだれも彼を蹴落とすわけにはいかなかったにちがいない。

冒頭にある座右訓「益なくして厚き禄《ろく》をうくるは窃《ぬす》むなり」は、中国の古典「大戴《だたい》記《き》」のなかの言葉だが、そのまま大江広元の人生訓であったと同時に、保身訓でもあったろう。

洋服をきた庶民

だれでも良い着物を着たときは善い気持になるものだ。しかしこれは大して信用のおけるものではない。

〈ディッケンズ〉

サラリーマンを洋服庶民（Black-Coatsgroup）という。スッ裸で絵をかく画家があっても、セビロを着ていないサラリーマンなんてない。洋服をプラスしてはじめてサラリーマン人格は成立つ。じゃ、洋服をマイナスすればゼロか——そこまで悲痛に考えなくともよいが、とにかく洋服を上等にすればするほどサラリーマン人格はあがるというフシギな職業だ。

新調のセビロをリュウと着込んでゆくと、職場のアチコチから羨望をまじえた批評の声がおこる。

「すげえな。いい生地だよ」

「色がとっても合ってるわ」

そして、おしまいはきまって、

「いくらしたい」

である。笑ってはいけない。新調のセビロ一着のカゲには、その支出のために数カ月間の栄養摂取量を切下げた家族の青白い顔があるのだ。美女に化けた鶴が、愛する良人のために自分の羽毛をムシって着物を織るというオトギ話があるが、決して荒唐無稽な説話でも何でもなく、サラリーマンの細君はすべてこの鶴なのである。

まったくバカバカしい話だが、かといって反逆精神を発揮してことさらにボロ服をまとって押渡るのも考えものだ。やがてはそのボロ服に似つかわしい職場にふりかえられるぐらいがオチだからである。

「絹を着ても猿は猿」(西諺《せいげん》)などという悪口もあるが、少くともボロを着ている猿なんてのは見られたものではあるまい。

「オセロ」のセリフの中にもある。

「ぼろを着ておると、小さな悪徳が破れ目から見えるが、大礼服や毛皮の長上被《ながうわぎ》を着ておると、何もかも隠れる」
洋服庶民には、悲しいが本当の言葉だ。

秩序の中の部品

私たちは、今では規律のなかにどのような美と喜びがあるかを知っている。なぜなら、私たちの規律——それは自由な行動の法則であって、圧制者の勝手気ままの法則でないのだから。〈マカレンコ〉

これは赤い国の有名な教育者が、その論文「幸福」の中で語っている言葉である。秩序とか規律とかいうものは、共産主義国であろうと資本主義国であろうと、その社会の体制を維持するために不可欠なものであることはいうまでもない。

さてサラリーマンの場合だが、秩序を尊重する精神がなくてこの職業は成立するものではない。もともとサラリーマンという職業は秩序の中にのみ存在している。整然たる資本主義機構の部品として彼の職能は存在しているわけだ。部品に課せられた唯一の至上道徳は規律ということだ。規律の守れない部品は部品としての自己否定であるといってもいい。

部品もものを思うことがあろう。自分の属する秩序に対して大小の疑問をいだくこともあるはずだ。現に冒頭の言葉は、共産主義国の秩序讃美者によって語られただけに「諸君が守る秩序は諸君ら人民の秩序であって、ブルジョアジーという圧制者が自分勝手の都合で作った秩序ではないから、同じ守るにしても愉快に守れるはずだ」という意味が言外にこめられている。だから「こんなブルジョアの作った秩序などオカシクて守れるか」というなら、当然守らなくてもいい。が、そのとき同時に、秩序のなかの部品という稼業も廃業するほうが真ッ当である。

秩序を破壊して新しい秩序をつくるということは、男児一匹、最も本懐とすべき生き方だが、残念ながらサラリーマンにとってそれは無縁の生き方であるようだ。秩序の破壊は革命家か芸術の天才たちにまかしておけばよい。

そうした大それた問題ではなく秩序に対する小さな問題についても、もし部品らしく安穏に生きようと思えば、それぞれの職場のルールを通したほうがよかろう。サラリーマンの職業的バックボーンは、あくまで規律にあるということを忘れないほうがよい。

サラリーマンの英雄

人の一生は重荷を負ふて遠き道を行くが如し。急ぐべからず。不自由を常と思へば不足なく、心に望みおこらば困窮したる時を思ひ出すべし。

堪忍は無事長久の基。怒は敵と思へ。勝つ事ばかりを知つて負くる事を知らざれば、害その身に至る。

おのれを責めて人を責むるな。
及ばざるは、過ぎたるより優れり。

〈徳川家康遺訓〉

どうやらこれでみると、よきサラリーマンとは、家康型であるらしい。そのまま過不足なくこれは完ぺきなサラリーマン訓である。

戦国の三傑をみると、まず秀吉はサラリーマンにとってほとんど参考にすべき点がない。彼はいわば、身、貧より起しての立志美談型なのだ。前田久吉、松下幸之助あたりの系列だから、サラリーマンとは人生のコースが最初からちがう。なるほど太閤記なんてのは誰が書いてもサラリーマン階層にうける。が、読者はその中から処世の教訓よりも、そのお伽話的なウナギノボリの出世に痛快リンリをおぼえるからだ。まさか上役の草履《ぞうり》をオナカであっためる式の卑屈な迎合は、自尊と良識を身につけた当今のサラリーマンに、しろといったって出来やしまい。第一、あたりまえの感覚をもつ上役なら気味悪くて、背筋に寒気がはしるはずだ。もっとも素ッ頓狂な阿呆上役はどこの職場にもいて、草履とり的オベッカにノブナガ的愉悦を味わっている愚劣な風景はいやンなるほどころがっているが、そこまで精神を堕《おと》して出世を計らねばならぬのなら、いさぎよく出世をあきらめたほうがスジが通っている。人生を豊かにするには、何も出世に限ったことではない。

信長が経た人生のスタイルも、サラリーマンには有縁のものではない。いわば彼は社長の御曹子なのだ。大学を出るなり親の会社を継いで、奇略縦横、ついに十倍のスケールに仕上げるという鬼ッ子なのである。雇われ者の経験は、一時間もしたことがない。

となると、家康である。なるほど生れは三河の土豪松平という田舎じゃちょいとした小会社の主だったが、経営不振のため幼少から隣国の今川、織田という大会社に身柄を引きとられ、二十前後まで晴れて社長職を継げなかった。継いでからもレッキとした独立権がなく、いいジジイになるまで織田、豊臣という親会社に仕えて気苦労ばかりしてきている。下級サラリーマンの味こそ知らないが、それに似た体験をふんだんにもつ苦労人である。啼かぬホトトギスを啼くまで待とうといったほどの無理とケレンと冒険のきらいな仁である。しかも天下の制覇ののちは、武士を戦士から事務官に本質転移させ三百年の太平を開いたいわばサラリーマンの生みの親みたいな人物だ。このジジイのいうことなら、まずまず聴いてやるネウチはあろう。秀吉式にやるのもいいが、それはうまく閥に乗ればのことだ。しかも、その閥が末永く続けばのことだ。何しろノブナガというたった一人の急所をつかまえての出世ゲームだから、実に危険きわまりない綱渡りである。彼のようにうまく行くのはほとんど稀有なことで、途中でオヤダマが失脚すればモロにころがってしまう。

まずはサラリーマンの英雄なら、家康あたりを奉っとくほうがご利益はあろう。

サラリーマン非職業論

いったい、職業とは何ぞやだ。まちがった考えが多すぎると思う。

就職といえば、すぐサラリーマン。月給を他人からもらう「宮仕

え」だけが職業だというのが、そもそもおかしいんだ。　〈末川　博〉

末川さんにとって、これは、溜飲のさがる思いで吐いた言葉にちがいあるまい。なぜといえば、末川さんは学生数一万を超える総合大学の総長、裏返していえばサラリーマン養成機関のマネージャーだからである。むろん、民法学のセキ学末川博士にすれば、シガナイ洋服庶民を製造するつもりで大学総長のイスについたわけではない。しかしである。学生にすれば民法や財政学の大家になるつもりで大学へ通ったわけではなく、いつに、初任給一万二千円ナリにありつくために、四年という長い歳月のあいだ、高い月謝をはらって聴きたくもない真理とやらを詰めこんだわけだから、いまさら「君、月給取になるために大学に入ったのかね」といわれても「そいつあ、お約束がちがいまさア」と開きなおらざるをえまい。かくて毎年秋ともなれば、総長室や学生部長室に押しかけて「なんとかなりまへんのか」と、まるで債鬼が上りガマチでシリをまくるみたいな掛けあい風景を呈することになる。やむなく先生のほうも手帳をめくりめくり、無けなしのコネのあいだを巡拝してまわっては〝債務〟を返済する

という仕儀になるのだが、こういう奇妙な債権債務を、少しでも冷静に考える頭脳があれば末川さんならずとも、

「サラリーマン？　君、それを職業だと思ってるのかね」

とテーブルの一つも叩きたくなるのが人情だろう。

が、残念ながら、きょうびの学生の精神構造は、この種の知的ドウカツにはオジケづかないように出来ている。

「当然、職業です。労働を提供して相応の報酬を得るかぎりは」

コムズカシクいえば、資本主義の勃興期にそだったオールド・リベラリストの輝かしい理想主義と、資本主義の崩壊期に人生のスタートを切る新卒業生諸君の現実主義との宿命的なクイチガイともいえる。

だから、冒頭のコトバは、額面どおりでは受けとりようがない。末川さんは、同じ雑誌の座談会で、

「自分に適した仕事をし、もって社会に貢献する。そのための職場にすすまねばいかんナ。なにも、ヘイコラ頭をさげて、不向きの月給取りになるのが就職といえない。

それより独立してやってみろ、本屋でも魚屋でも、頭をつかって人にできないことを独立でやる。これがほんとうの就職じゃないか」

たしかにそうなのだ。が、中小企業が年々崩壊しつつあるときに、たんに努力と才能だけでは一〇〇％この方法で成功するとは保証できない。だからこれらの言葉は人生の方法論としてよりも、一種の気構えとして受けとるほうが真意を生かす道だろう。要するに、この言葉をサラリーマンにあてはめれば、職業に対する正しい反省と工夫を忘れるなということになる。サラリーマンになること、またなったことそれだけが人生の偉業かなんぞのようじゃァ、あまりにもワビシすぎはしないかと、このすぐれた青年指導者は声を大きくしていいたいのにちがいない。

ロマンの残党

人生意気に感ず。

〈魏　徴〉

こういうロマンティシズムは、現代の青年にとってはもはや過去のものになった。源氏鶏太のサラリーマン小説「天下泰平」が、批評家たちによって〝現代講談〟とソシられたのもこの辺に理由があるようだ。主人公立春大吉は、利害得失という合理的な計算を超えて、落ハクしたかつての社長のためにモロモロの敵とたたかう。これを応援する親友ナニガシも商利をはなれてこの友人の奇妙な情熱に心中しようとする。こういう奇妙な情熱のタイプをもった青年は、もはや現代では仮空像でしかない。源氏鶏太は、明治のロマンティシズムの亡霊に、コンニチのセビロを着せてみたわけだ。予想以上にウケたのは、オトナたちの郷愁と青年層に珍奇な興味をよんだのであろうか。

明治という時代は、こうしたロマンティシズムが、リョウランと咲いた時代だった。時代精神が、新体詩という形を通して、よく反映されている。

人生意気ニ感ズレバ、トモニ沈マン薩摩潟。

だれでも知っている与謝野鉄幹の詩の一節だが、同巧異曲のものは「紅燃ゆる」の三高寮歌、「嗚呼玉杯に花受けて」の一高寮歌をはじめ、全国の旧制高校の寮歌、逍遥歌になって明治、大正、昭和十年代の青年を鼓舞した。

人生意気ニ感ズ、この章句ほど彼らにとって魅力をふくんだことばはなかった。

風蕭《ショウ》蕭トシテ易水《エキスイ》寒ク

壮士ヒトタビ去ッテマタ還ラズ

漢詩の一節だが、彼らの血はその語感だけで、結構わきたった。

明治的ロマンティシズムは、いたずらに壮《さか》んなだけで、論理のシンはない。合理主義でネッチリやられれば、ひとたまりもなくお手あげになる一種の気分的なもので、この気分的なものが悪く発揚すると大陸浪人的な気概になったり、軍国主義政策に利用されると特攻隊的な〝散華《さんげ》〟になったりする。特攻隊員は、この〝人生意気ニ感ズ〟式の不幸な最後の残党といえるだろう。

見方によっては〝人生意気ニ感ズ〟は、戦犯の座にすわらさるべきロマンティシズムかもしれない。が、それは、ひっきょう、悪魔に利用されたからだともいえる。

べつだん、非合理的な精神を讃美しようとは思わないが、その逆に、合理主義的な尺度で生活や生き方のスミズミまで計算しつくされたタイプも、どうもツキアイにくい。

立春大吉ほどのロマンティストでなくとも、多少の意気ニ感ズ式な気概を常に育てているほうが人格に魅力をそえるのではないか。気概がいつもバクハツしていてはいただけないけれども、生涯に一、二度ぐらいは利害を超えてモロハダをぬぐといった壮気を内蔵していることは、サラリーマンとしてともすれば堕入《おち》りがちな人格の卑小化をくいとめる意味からも大事なことにちがいない。

義務のたのしみ

私は一生涯、一日の仕事も持ったことがない。すべてが慰みであったから。

〈エジソン〉

こういう境地になれば、人生はどれほど楽しいか、おそらくサラリーマンにとっては憶測もできぬ悦楽だろう。エジソンにとっては、発明という仕事は、仕事というよりも悦楽であったわけである。

残念ながら、サラリーマンのほとんどは、こうはいかない。エジソンですら、彼をサラリーマンにさせれば、三日で手をあげるにちがいない。だからある意味では、すぐれたサラリーマンは、いかなる学者、発明家、芸術家よりもえらい。彼は決して仕事が楽しいとは思っていないのに、ただ義務感から、精一ぱいの努力を生涯つづけようとするからだ。

サラリーマンの仕事に対する姿勢は、それ自体を楽しむというよりも、それから付随してくる義務を果たすことに楽しみを見出すという形であるほうが、より自然といえる。

仕事というよりも義務、そうした方面でいい言葉を探してみよう。

「義務は、朝われわれと共に起き、夕べ、われわれと共に寝る」

——グラッドストン

「人は、義務を果さんがために生きるのである」

——カント

「私は、義務を果した」

——ネルソンの臨終のときのことば

長男サラリーマン

十人の子を養う父あり。一人の父を養わざる十人の子もある。

〈**法**《ほっ》**句**《く》**経**〉

「どうせ、ヨントウ国だっさかい」

ひところ、どんな話題にもこんな流行語が、枕詞《まくらことば》みたいにくっついていた。「どうせあたしゃ浮草稼業……」と口をゆがめてキセルをポンとたたく風情《ふぜい》と自虐心理の甘美さが共通している。もとはレッキとした家柄のキムスメ、いや、軍艦もタンクもそろってた一等国……といった回想が、コトバの裏にはりついている。

アホウなはなしで、四等国でタクサンなのである。どうせ造語のぬしが、ナニガシ・マックアーサーという米国の兵隊だから、等級の基準を銃砲の数や重爆の台数で決めてかかっている。なるほど戦前の日本は五大国の一つとして大戦の末期には四十数カ国を相手としたほどの滅法界もない〝強国〟だったわけだが、それも納税者がノマズ・クワズ、穴居人種のように壕舎《ごうしゃ》からはいだしてはワレ鍋でイモのヘタを焚き、あまった金をシボってオンボロ飛行機を造った〝強国〟だから、国民一人一人の人生に国家として最大限の責任をもつ政治の恩恵に、明治以来浴したタメシがない。メデタクも四等国になりさがったおかげで、軍備に向けるお金を社会に使おうという福祉国家実現の可能性がうまれたわけである。とはいえ、そうはうまくゆかないらしくいまだにアサはかな〝強国〟論の亡者が政界本通りをウロついているから、可能性があるというだけで、社会保障制度がその名のごとくはカタチをなしてはいない。

第二次大戦後、人類の意志が大きく福祉国家の方向にむいたことはたしかだし、日本の政治家たちもこの流行に遅れまいと自由党から社会党左派にいたるまで、まずまず公約だけは口をそろえて社会保障制度を合唱している。が、実際政策面では、その点、まだ原始時代から数歩も出ていない。

まったくのはなし、徳川時代とほとんど変りばえがせず、家族制度という奇妙なジャングルにシワヨセすることによって問題がゴマかされている。街で失業した次男坊が田舎へ帰って〝家族〟の中にモグリこみさえすれば兄ヨメに舌打ちされつつも何とか生きてゆけるし、嫁にいったムスメが結核になってかえされてきても、オヤジは三度のメシを二度にしても養ってゆくというカタチである。まことに醇風美俗、ナマケモノの政治家には、これほどいい習俗はない。国家がやる仕事のほとんどを、〝家族〟というホネとカワに痩せきった小集団が、壮烈果敢にも無償で請け負っているわけだ。ちかごろ、この〝家族制度〟を戦前なみの法的基礎のあるものにしようという提唱が、保守系の政治家たちの一部でもちだされている。いっさいがっさいをホネカワスジエモン氏どもに押しつけ、弾き出たおつりで大砲や火焔放射器でも作ろうというチエであろうか。

さて、四等国どころかこうした未開蒙昧の国に住んでいるおかげでサラリーマンもひとかどの苦労ではなく、その苦労の度合によって二つの階級に分類されよう。長男のサラリーマンと次男のサラリーマンがそれである。

まことにサラリーマンという〝その日ぐらし〟の種族のなかでも、長男と名のつく部族こそ偉大なものである。彼らは家族制度のカナメであり、ニッポン国がやるべき仕事を〝孝行〟とか〝兄弟愛〟という美名のもとに請け負い、月給二万円未満のなかから両親を養い、兄妹を養い、妻子を養い、さらに時と次第ではオジ、オイ、遠類を養うという奇蹟の演じ手なのである。となると、次男などはまったくサラリーマン貴族のようなものだが、人口配分からいくと男子のうち次男三男坊人口がわずか三割に満たないというから、恵まれた身分こそ常に稀少というべきであろう。

ハナシを冒頭の「法句経」の文句にもどそう。法句経は古代インドの坊さん法救《ほっく》という人が釈迦の教説を編集したものだが、むろん当時のインドの社会状態は、二十世紀後半のニッポンよりもひどく社会保障制度のカケラもないことはいうまでもない。家族のうちの誰かが老衰して働けなくなると、働ける家族がそれを看取《みと》って余生を送らせる。看取るだけの経済力があればいうことはないが、当時のインドの民衆生活というのは実にひどいもので、貴族のほかはすべて乞食同然といっていい状態だった。だからこそ現世ヲ厭離《おんり》シ、死ノ世界ヲ欣求《ごんぐ》スル仏教が生れたのだが、当然、常時半飢餓状態の民衆のなかには、一カケラの食物を自分の口に食べさせたいばっかりに、老父を路頭にほうりだすフトドキ者もいくにんかあったにちがいない。そのパンの半分を老父にあたえよ、ナンジは飢えようとしているかもしれないが、老父は死のうとしている。こうしたタグイの倫理道徳が、学者や宗教家の口から叫ばれつづけたのも、ムリからぬ事情なのだ。

法句経が生れたころのインドも、こんにちのニッポン国も、さして事情に変りはない。老父母や病弱の家族を、長男であるサラリーマンが月給二万円未満の中からパンを分けあたえねば、誰もあたえてくれるものがない。

まして、現在月給二万円未満ていどの長男サラリーマンの老父母は、一生を家族制度の中ですごし、老後は家族制度のなかで自適しようと思って暮してきたひとたちだ。生計をきりつめて長男に資本を投下し、学校を卒業させてとにもかくにも月収二万円未満の人格にまで仕立てあげた人物なのである。なるほど、家族制度は、戦後、民法の上からは影のうすい存在にはなったが、だからといっていまさら同居はイヤだ、扶養がくるしいといわれたところで、そいつア約束がちがうとヒラきなおらざるをえない。

ところが、弱った存在は、長男サラリーマンのヨメなのである。若い女性の精神は、流行や時代性に抗体をもたない。新聞や雑誌、ラジオで、家族制度のムジュンや女性の解放などをサンザッパラ聞かされつづけると、てもなく全身これ新時代の権化みたいになってしまう。むろんそれでいいのであり、それでこそ社会の進歩というのがあるのだが、女性個々が生活の現実に直面したとき、多くは知慧よりも感覚で受けいれた新時代であるがために、生活を処理する英知や徳性までは期待しにくい。結局、若い亭主をたきつけて「一人の父を養わざる十人の子もある」という状態に追いこませるのは、たいてい、レツレツたる時代精神に燃えた若き妻たちということになりがちだ。

古い家族制度の最後の伝承者である父母たちが、家族制度による倫理と〝契約〟の履行を長男サラリーマンに迫り、これを長男サラリーマン夫人がダンコとして反対し、その間に立って長男サラリーマンがハムレットか平重盛のような渋面をつくるといったゴタゴタが、いま、どの都会の家庭裁判所の窓口にも山と積まれている。

しかし、いま月収二万円未満ていどの年令の長男サラリーマンは、古い家族制度による無言の〝契約〟によって成長したわけだ。途中でどういう時代になったにせよ、履行を義務づけられているわけである。「オシウトさんと同居するなんてアタシ堪えられないわ」などと女房の時代精神が叫んだところで、もし当のオシウトが「どうしてもムスコと同居しなけりゃ、心細くて暮せない」というのなら、そのつもりで生涯を送ってきた老父母のために事情のゆるすかぎり希望をかなえてやるのがほんとうだろう。まして老父母の生活権をもオビやかすという事態なら、一も二もなく新夫婦のパンを半分にしてでも、飢を平等にすべきが、ヒューマンなありかたといえるだろう。

おそらく、長男サラリーマン自身は、その老後には家族制度の恩沢《おんたく》をうける度合いはさらに稀弱なものになるにちがいない。彼らは、数千年つづいてきたニッポンの家族制度の最後の末端に右足だけをつっこんでいる人々である。義務の履行はあっても、権利の恩恵は期待できないわけだ。停年後を心もとないと思うなら、長男サラリーマンよ、大いに団結して社会保障制度の促進に政治家どもを督励するがよい。

人生観の年輪

ある重役がいった。

サラリーマンをみていると、次のようなことがいえると。

二十で希望に燃えている者が二十五になると疑いをもつ。三十でそれが迷いになり、三十五であきらめる。会社を辞める年令は大体三十から三十五の間だ。四十になると保身に専念し、四十五になると慾がでる。

〈評論家　松岡洋子〉

その傾向は、とくに戦後に強いようだ。たいていの会社の人事課長は「新入社員の情熱は永くて五年」とみている。それどころか「入社早々何の情熱も用意していない者が多い」（S肥料人事課長）「戦前なら、入社後二年というものは仕事をおぼえるのに夢中ですごすものだが、近ごろの若い人は、ただ八時間という労働時間と初任給の多寡をにらみあわせただけの労働量しか提供しない」(K産業庶務課長)といった評すらある。

必ずしもこれらの評は、すべての若いサラリーマンにあてはまるとは思えないが、国運の隆盛期のころのサラリーマンと現在のそれとには、著しい気質の相違があることはたしかなようだ。一般に仕事への情熱は、前時代にくらべて、悲しいが早老の気味がある。

「二十五になると疑いをもつ」——この疑いというのは、そのサラリーマンが置かれている条件によって、一様ではない。低収入がそれを誘発することもあるし、〝閥〟の問題や〝出世〟の具体例が、きわめて非合理な形で行われているのを目撃することによって誘発される場合もあろう。

しかしそういう誘因は、戦前にも多分にあった。となると、すこし大ゲサなようだが、職業人生に対するファイトの欠除という戦後的気質のなかには、社会から反映される不安感が底に流れているとしか思えない。「学生時代、別に過激な運動はしたことはありませんでしたが、シンから明日にも社会革命が起ると考えていました。卒業後、白いカラーをつけて現実の〝資本主義機構〟のなかに入ると、自然そうした熱病のような想念はうすらいで、現在ぶじに単調な仕事を繰返しつつ日を送っているわけですが、といっても熱病は完全に消えたわけでなく、そのシコリは依然意識の底に滞っています。たとえば、立身出世の問題を考えるときなど、そのシコリがクビをもたげて、〝どうせこの社会形態は万古不易なものじゃないじゃないか。自分で人生の設計図をえがいたところでどうなるわけでもない〟と囁いちまうんです。おかげで折角湧いたファイトも不燃焼のままでシボんでしまいます」（銀行員・27歳）

自分が踏まえている大地に信用がおけないという不安感は、大なり小なり、二十代の青年の人生観に影響している。いつ地震がおこるかわからないというのでは、計画的な大建築は設計できないというのだろう。だから雨露をしのげば足りるという、バラック的な職業人生観も生れるのではないか。

誘因は、むろんこれだけではない。が、いちいちここで挙げたところで問題の救いにはなるまい。それでもなお、仕事への情熱をかきたててゆきたいという人のために、救いの契機ともなる名言を書きぬいておこう。

「職業は、生活の脊骨《せぼね》である」 ――ニーチェ

「人生は活動のなかにあり、貧しき休息は死を意味する」 ――ヴォルテール

「思索しないで、自分を働かすがよい。これこそ、人生を堪えうるものにさせる唯一の方法だ」 ――ヴォルテール

「業を得た人は、生涯の目的を得た人である。すでにこれを得た人は、必ず勤勉でなければならない」 ――カーライル

「君の活動、ただ君の活動のみが、君の価値を決定するものだ」 ――フィヒテ

「私の成功はひとえに勤勉にあった。私は一生のあいだ、一片のパンも座して食うことはしなかった」 ――ウェブスター

「多忙な蜜蜂には悲しむ暇がない」 ――ブレーク

「人間が幸福であるために避くべからざる条件は勤労である」 ――トルストイ

サービスの精神

義ヲ先ニシ利ヲ後ニスル者ハ栄ユ。

〈大丸店祖　下村正啓《しょうけい》居士〉

蒼古《そうこ》たる表現だが、含まれている真理は錆びついていない。

正啓下村彦右衛門は幕末の商人。伝説によればその窮乏時代、京の禅僧がその人物を見こんで、商売の資本五十両とこの言葉をあたえ、彼を江戸に出した。のち、成功してこんにちの大丸百貨店の基礎をきずいたが、生涯「先義後利」を事業精神にしたため、天保八年大阪の天満与力大塩平八郎が指導した町民一揆のさいも、大塩みずから暴徒の前に手をひろげ、「大丸は義商だ」と叫んだため掠奪をまぬがれている。こんにち、サービス精神ということばで解説されているようだが、語感の中に通っている脊骨は、やはりこうした儒教的表現のほうが強いような気がする。

収支の観念

収入を内輪に費《つか》え。年末にはいつも何がしかの余剰を出すようにせよ。収入よりも支出を少なからしめよ。そうあるかぎり、一生たいしてこまることはない。

〈サミュエル・ジョンソン〉

「入ルヲ量ッテ出ルヲ制ス」と同趣の格言。

ただし度をすごしてリンショクになると「ケチンボウと豚は死んでからの方がうまい」(フランスの諺) と笑われる。

恒産という特権

恒産無ケレバ恒心無シ。

〈孟　子〉

恒産アル者ハ恒心アリ。財産をもっている人は、精神が安定しているということだ。大きく政治の面でいえば、中産階級の多い社会は、革命思想に対して堅牢であるという、ビスマルクの言葉にも通じている。

しかし、ここでは、そういう意味をのべようと思って、この言葉を引いたのではない。この古い言葉に、面白い適用場所があることを最近知って、紹介におよんだわけである。

ある大学の若い教師が、彼の友人の訪問をうけた。どちらも学生時代からの文学志望者である。一方は生活の都合上、私立大学に職を得てまず安定した俸給生活を送っている。他の一方は、大学を出て以来、職にもつかず、飲まず食わずで作家修業専一に生きてきた。まだ無名であることは、双方、一致している。ところが、ノマズクワズ氏のその日の用件というのは、ある放送会社からクチがかかったが、就職したものだろうかどうかという相談なのだ。相談というより、女房ももらえぬ永い生活不安に堪えかねて、なかば就職する気になっている顔つきである。

世間の常識なら、一議におよぶまい。「この不況時代に何をバチ当りなことをいう。ツベコベいってる間《ま》も惜しいよ。さ、サッサとOKの返事を書くんだ。書きあげたら、街へ出て祝杯といこう」こうくるのが当然のセリフであろう。

が、この友人は、そうはいわなかった。

「むかし、漢文の時間に習ったろう。孟子の〝恒産アル者ハ、恒心アリ〟という奴さ」

ノマズクワズ氏は、教師がいったい何を云いだすのかと、戸迷った微笑をうかべた。

「恒産とは、財産のことだよ。財産のある奴は平常心があるという意味だがね。たしかにそうなんだが、現在じゃもうこんなコトワザは通用しない。こういう、社会不安や経済不安の世の中じゃ、なまじっかな財産をかかえてたって、明日にも半減するか、あさってにもゼロになるかと、かえって落着けたもんじゃない。恒産アルガタメニ恒心ナシってことで、いつも驢馬《ろば》みたいにビクビクしてなきゃいかんさ。

変化したんだ、恒産の意味が——。今日的には、恒産とは就職をさすんだね。月給取なんて、ネズミがチョロチョロ、米蔵のアナから米ツブを引きだすように、わずかばかりの定収入を、ひと月ごと、キチンキチンとくわえて帰ってくるわけなんだが、なるほど、一見、アワレな存在だがね。しかし、考えようによっちゃ、米蔵をもってるんだよ。ドッと引出すわけにはいかないけど、毎月、食うだけの米ツブは、間違いなしに持って帰れるんだ。三十日食わなきゃいけないものを、二十五日で米ツブがチョンになったところで、五日ガマンをすればまた間違いなしに入るんだ。おそるべき恒産だよ。もし就職先が大会社だったら、減る心配の一切ない恒産だね。しかも、年とれば年とるほど、引いてくる米ツブの数もふえてくるという、涙の出るほどありがたい恒産だよ。

しぜん、サラリーマンてやつは、恒心が出来る。大会社の社員であればあるほど、大バンジャクの恒心だ。サラリーマンが、組合活動に不熱心なのも、社会改造に不熱心なのも、自己反省に不熱心なのも、自分の人間的な成長に不熱心なのも、あらゆる事象に真剣に取りくまなくなるのも、書物を読まなくなるのも、すべてこの恒心のなせるワザだよ。

恒心つまり平常心とは、熱くも冷くもない水に浸っている精神だね。ヌルマ湯の中じゃ体のどこからも抵抗というものがうまれてこない。ノビてダラリとしたウドンのような人間と人生を作るものなんだ。

それでいいわけなんだ、普通の場合なら——。ノビたウドンみたいに人生を送ればそれが一番幸福なんだけど、芸術を生みだそうと思えば、そうはいかんよ。

第一、抵抗感を喪失して芸術は生まれっこないし、つぎに、生活の安易さに狎《な》れてしまって、石にかじりついても芸術をやっていこうという気負いが薄れてくるね。勤務後、人が遊ぶ時刻に、命を削るような苦しい努力なんてのは、最初は出来ても年とともに出来なくなる。しなくったって、メシは食えるし一生安穏に送れるし場合によっちゃ課長にも重役にもなれるんだからな。恒産と恒心は、とにかく、君が生涯かけて芸術と組討つ気なら、最大の敵だ。オレがいい例じゃないか、つい、石にカジリつけずに教師になったばっかりに、ちかごろ、精神も生活も、どうにもならないほど、フヤけてしまってるんだ……」

若い教師の、芸術と就職の問題については、多少の異論も考えられるが、主題外のことなので触れないでおこう。

サラリーという恒産と、サラリーマンの恒心については、間《かん》然する余地はない。ただ、彼の場合、特殊な目標があるために、その恒心を警戒するわけだが、サラリーマンであることとただそれだけを人生の歩行路にする場合、むしろフヤけるということがサラリーマンの至福であるかもしれないのだ。すくなくとも、フヤけられるということが、サラリーマンの人生に許された、わずかな（考えようによっては大きな）贅沢といえるものかもしれないのである。商人も芸術家も政治家も、日々が個人の浮沈をかけた闘争なのだが、ただサラリーマンだけがフヤけたままでも暮すことができる。もし人生に余計な野望をもたず、フヤけることに安住感をもてるとすれば、それ以上の幸福はないからだ。

明日を思い煩うな

明日のことを思い煩うな、明日は明日みずから思い煩わん。

一日の苦労は、一日にて足れり。

〈新約聖書〉

牧師さんなら別のことをいうだろうが、江戸ッ子ならさしずめ「あしたはあしたの風が吹かア」ってところだ。しかし神の子キリストが、カラッ髄《つね》をだいてセンベイ布団にクルまるようなヤカラとウマを合わせてはコケンにかかわる。善良なサラリーマンに対しては、こうつけ加えるにちがいない。――「その日精一ぱい働いてな」

まことに、明日のことを思ったところで、顔のタテジワをふやすだけがオチだ。その日働けるだけ働いて、退勤後はせいぜい人生の悦楽にふりむけるほうが、善良なサラリーマンの最も善良な生き方である。

明日というのを永い人生の将来という意味に採ってもおなじことだ。若いサラリーマンが停年後の生活を心配したり、資本主義の将来性についてアタマを痛める必要はない。資本主義が明日にでも崩壊して路頭にほうりだされる可能性がたとえあったとしても、一サラリーマンが思い悩んでどうなることでもなかろうし、停年後の生活問題にしても、日本をふくめた人類社会の意思が福祉社会の方向をめざしつつあることを信じて、どうせ三十年後は社会保障ぐらいは仕上っているだろうとタカをくくっておればよい。タカをくくるのが不安なら選挙ごとに福祉国家に熱意の高い政党と候補者に投票すれば、それだけで十分だ。人生は一日一日の算術的総和にすぎない。明日を煩う精力があれば、その分を今日にまわしてせいぜい一日を充実させるほうが賢明な生き方だ。

反出世主義

午後五時にひけますね。それからあとの生活に情熱をこめられるひとが、いいサラリーマンだと思うんです。

〈作家　中村武志〉

云ったひとの人生のぬくみがこもっているような言葉だ。この言葉の背景には、中村氏の二十余年にわたる下積サラリーマンの生活史がある。サラリーマンの人生の目標は、ただひとつ立身出世あるのみだと思っているひとには、あるいは不向きかもしれない。

サラリーマンの人生を登山にたとえてみよう。なしうるかぎりの装備をととのえ、あらゆる手段と能力を動員して、一メートルでも高く、一秒でも早く絶頂に近づこうというアルピニスト派、これが従来サラリーマン社会のロイヤル・ロードとされてきた行き方だ。

が、この行き方には、ある程度一定の登山路が必要である。戦前は「エスカレーター・システム」というのがあった。大学を出て入社試験にパスすれば社長室に整列して一場の訓辞を聴く。「諸君はわが社の幹部候補生として……」と、紋切型ながら決して空手形ではなかった。チャンと一定の年限がくれば一段ずつ〝出世〟をした。

いまはそうじゃない。そういう便利なシステムは、ほとんどの会社から姿を消している。なるほど旧財閥系のM社などは、いちおう、重役を一級とし、社員を二級から八級に分類し、三級が課長クラス（約三万円）、二級が部長クラス（四―五万円）、新入社員は高校卒が八級、短大卒が七級、旧制大卒が六級といったぐあいに分け、一級昇階するのがほぼ三年という建前になっているが、これはあくまでも建前にすぎない。三年ごと各駅停車して何年かのちには確実に課長駅もしくは重役駅に運びこんでもらえる保証はどこにもないのである。せっかく、アルピニストたちが、ザイルとロープをもって麓を出発したところで、登山路が壊れておればどうしょうもない。

こうした登山事情の悪さも手伝って、最近、サラリーマン社会に〝人生派〟というのが激増した。サラリーマン小説に例をとってもそうである。戦前佐々木邦が二十数年書きまくったサラリーマン物は、ほとんど立身出世主義がテーマだった。ところがちかごろ、そういう天衣無縫な楽天主義は通用しない。下積サラリーマンの生活とペーソスをえがいた源氏鶏太、中村武志氏の作品が迎えられる背景には、登高の希望をとざされたサラリーマンの社会心理が横たわっているわけである。

人生派はつまり、登山家というより逍遥《しょうよう》家というほうが近い。同じく山は登っているる。しかしアルピニストのように、絶頂を征服することにのみ人生を賭けているのではない。体力相応に登りつつ、適度に休息し、時には風景を楽しみ、時には高山植物を採集したりする。

サラリーマン作家中村武志氏はそれをいっているわけだ。

拘束一日八時間、それは人生の持時間から月給のために割かれた灰色の時間だ、とまではいいすぎかもしれないが、サラリーマンの職業柄、その八時間はたいていの場合、人生する者として、ワクワクするほどの脈動に満ちた時間であるとは、残念ながらいい切りにくいようだ。多くのサラリーマンは、彼が善良であればあるほど、彼の日中は、時計のように正確で、振子のように単調な労働に終始する。リズムのない単調な音響の連続、それがサラリーマンという生物の跫音《あしおと》であり、その一日一日を総和したものが、サラリーマンのもつ人生の音というものだが、練達のサラリーマンなら、永い習性でみずからの音感を削ぎおとし、音律の絶えた地獄のような音響世界に堪えてゆける。が、すべてがそういう〝悟道〟に入れるとはかぎらない。不幸にも健康な音感をのこしているものにとっては、八時間以後にのこされた人生のタイムに、個性に満ちたリズムを構成する必要が起ってくるわけだ。サラリーマンの人生の成不成功は、退勤後の人生をどう構成するかにかかってくる。絵や彫刻をするのもよく、盆栽をいじるのもいい。もしそれが好きなら考古学の研究をしたっていいし、熱帯魚の飼育も面白かろう。

いちばんバカげているのは、徒党を組んで飲屋へゆき、上役の悪口や同僚のタナ卸し、サラリーの上りそこねた話に浮身をやつしている手合だ。たんなる不協和音にすぎまい。

親友道と仲間道

我々は友人はなくても生きてゆける。けれども隣人なしには生きてゆけない。

〈トーマス・フラー〉

「親友」がないというのは、不幸なことだが往々ありうる。が、「仲間」のないサラリーマンなんてのはありっこない。おなじ職場の同僚、これらを「親友」とは別個に「仲間」というカテゴリーで考えてみよう。

もともと「親友」という人間関係は、人倫のなかで最もすばらしいものだし、古来、これに対しては高い精神的地位と美しい言葉がふんだんに付与されてきた。アリストテレスは「友とは、二つの肉体に宿った一つの魂である」といっているし、ナポレオンも「忠実なる友こそ神の本体である」とまでいっている。古来、友および友情を讃美した言葉は、東西を通じて星の数よりも多い。

ところが、「仲間」というものについてはあまり語られていない。サラリーマンにとっては、遠い友よりも近くの仲間のほうが、はるかに日常の重大事なのだ。「仲間」というのは、友のように必ずしも〝神の本体〟でもなければ、〝一つの魂〟でもなく、たんに偶然、同じ職場に集い合うた人間の関係にすぎない。たまたまそこに「友人」を発見することもありうるかもしれないが、多くの場合、ツナガリの点で何の精神的必然性も持たないのが普通だ。

とすると、「仲間」は「友人」より低い精神的系列におかれているわけだが、だからといって、「友人」よりもオロソカな待遇で事足りるということは絶対ありえない。むしろ、心構えとしては、他人であるだけに「友人」よりもより多く奉仕の努力をつくすべき存在である。サラリーマンとは一〇〇%有機的存在であると、他の項でものべたが、具体的にはこの「仲間」との間に有機的関係をもっているわけである。有機的存在には、当然それにふさわしい「仲間道」があってはじめてその活動が円滑化する。

「仲間道」を説明しよう。

「友人」における「友情」とは、多少オモムキを異にする。第一、イヤな相手なら誰でも彼を友人にしっこないのだが、「仲間」の場合なら、当然、顔を見るだけでもムシズが走りそうな人物の混入することも覚悟せねばならない。しかも彼と毎日、同じ部屋で同じ空気をキッカリ八時間は吸いあわねばならないのだ。友人に対しては、絶交という自由はある。しかし、仲間に対しては仲間たることを拒絶する自由は誰ももたない。

もうひとつ大事なことは、「仲間」は、場合によっては敵に変化することもありうるということだ。イヤなことだが、「仲間を見れば敵と思え」こういう覚悟も一応はハラの底に秘めておかねばならない。だからまず「仲間道」としては、こちらから最初に裏切らないこと、これが第一要件として入る。裏切られるのを防止するには、裏切らないという方法しかあるまい。絶対に彼は裏切らない男だというシニセがつけば、まず足もとをスクわれることは、よほどの場合でないかぎり、ない。次に、サラリーマンの職場生活の敵は蔭口だが、これもこちらから蔭口をいわないことによって、ある程度は防げる。さらに、仲間が困っているときは、いかにイヤな奴であるにせよ、進んで義に勇むことが大事だ。ラ・ロシュフコーはこの仲間道について「一種の交際、利害に関する相互の斟酌《しんしゃく》、あっせんの交換、つまりは自愛心が常に儲け仕事をタクらんでいる〝取引〟である」といっている。仲間道とはいわば、友情の擬似形態なのだ。友情には「友情より気高い人生の快楽はない」などという高邁な言葉があるが、仲間道にはそうした精神要素にとぼしい。しかし、サラリーマンとして暮してゆくには、ぜひ必要な処世の方法なのだ。精神をともなわない擬似の友情、たとえそうであっても、悲しいが、やむをえない。

「人の小過を責めず、人の陰私を発《あば》かず、人の旧悪を念《おも》わず」——「菜根譚」

湿地に咲く花

たとえそちが、氷のように清潔であろうと、雪のように潔白であろうと、世の悪口はまぬがれぬぞよ。

〈シェークスピア〉

サラリーマンの職場は湿地帯だ。ジメジメした、悪口という隠花植物が繁茂する。サラリーマンほど、他人のウワサや蔭口を云いたがり聞きたがる種族はない。

「彼の女房はね、小学校出だってさ」

こんなのはまだいいほうで、

「Kのやつ、重役のSさんのお嬢さんのアトを毎日つけて、とうとうモノにしちゃったそうだよ」

いや、本当だ、彼の友人のナニガシから聞いたから間違いはない、などと余計な傍証がついている。「悪口は意地の悪い人の慰めである」（ジューベル）というが、利害のみに根ざした卑小な正義観と、他の不幸をよろこぶ救いがたい心情とによって点火された青白い焔が、口から口へと火を移してやがては職場全体にひろがる。ほとんど根も葉もない悪口だけで作られたK君像やR課長像が、どこの職場でもころがっている。こうした湿地帯で暮らすには自分も隠花植物になるか、それとも、「中傷誹謗に対する最善の返答、それは黙々と自己の義務を守ることである」というワシントンの言葉を信条にするかのどちらかしかない。

金についての人格

敵を作りたいと思ったら、金を貸してたびたび催促するがよい。

〈西　諺〉

職場の中で、金の貸借は絶対といっていいほど、すべきではない。「金を貸せば友と金とを一緒に失う」という西諺もある。英国の作家トマス・フラーも「五十円を貸して半分しか返えしてもらえないよりは、五十円をくれてやったほうがいい」といっている。「金銭のことは軽卒に処してはならない。金銭は品行である」という英国の政治家バルワー・リットン卿の言葉も、サラリーマン人格の確立のためにぜひ銘記すべき金言だろう。

公憤のない社会

サラリーマンは、私憤だけですね。公憤なんて二十年来きいたことがない。そして不勉強です。自分の地位を下げてるのは、サラリーマン自体といえます。

〈中村武志〉

〝目白三平〟の作者中村武志氏ばかりでなく、〝立春大吉〟の作者源氏鶏太氏も、同様の感想であるはずだ。目白三平は、卑俗なサラリーマン社会にあきらめ切って、一種脱俗の風《ふう》をよそおい、その作者が「五時すぎての同僚とのつきあいは真平だ」というように自分だけの垣根を結んで退勤後の人生を大切にしている。目白三平にとっては職場の生活は、サラリーを得る以外、なんら人間と人生をプラスするものではないという徹底した立場に立っている。

立春大吉はそうではない。目白三平はサラリーマン社会の卑俗性から逃避してしまったが、立春大吉は、勇敢にもそれとたたかうのである。まるで、中世の伝説にある忠臣義士にセビロを着せたような男が立春大吉なのだ。公憤という一種のロマンティシズムだけが、彼の行動を発動させるすべてなのである。そういう「義士」が現実のサラリーマン社会の、どの片隅をホジくったっていやしないことは、源氏鶏太氏は百も承知している。現実のサラリーマン像からは一〇〇%架空なそういう人物を作りあげ、それを小さな功利とほどよい醜悪さだけで出来上っているサラリーマン社会にほうりこんだ場合どういう反響と波乱をひきおこすか、そういうモチーフの珍しさが小説「天下泰平」のおはなしとしての面白さを成功させたわけだ。

立春大吉は、作者源氏鶏太氏が三十年のサラリーマン生活を通して、卑俗に飽ききり、理想に飢え、ロマンに渇えきった鬱屈の精神がああいう架空の像を生んだわけで、なんどもいうが現実のサラリーマン社会には棲息しっこない人物である。

サラリーマンの社会は、理想を発芽させない。理想のないところ、公憤があるはずがない。中村武志氏のいうとおり、私憤ならどのサラリーマンのポケットにも一ぱいつまっている。卑小な個人主義の集合体であるこの社会では、発芽するとすれば私憤でしかあるまい。

彼と自分とでは、大学も同じだし同年の入社生だが、奴は課長でオレは平社員、「何てたってオベッカのうまい奴にはかなわねえよ」こういう口辺のゆがんだグチが、まるで唄でも歌うように職場や飲み屋で交わされている。じゃお前様はオベッカもつかわぬ高潔清廉の人士であるかといえば、どうしてどうして。

こんな私憤のカケラが一億も集まったところで、明るい職場を推進するコレッポチな力にもなりはしない。大切なのは公憤だ。立春大吉みたいに大ゲサでなくったっていい。正しい合理精神から判断した結論をホンのチョッピリでもいいから、組合という公憤の機関に反影させることだ。中村武志氏や源氏鶏太氏の青年社員時代なら、もし公憤を発してもすべて個人の責任で始末しなければならなかったが、いまは公憤の代行機関として組合というものがある。これを正しく運営する以外、卑小因循なサラリーマンの職業人格と職場は改造されっこあるまい。

グチはお経だ

あまり他人に同情を求めると、軽蔑という景品がついてくる。

〈バーナード・ショー〉

サラリーマンの生活は、激動のリズムをもたない。音律でいえばまずお経といった単調さに終始する。生活に眠気をもよおしたときにグチが出る。グチは、希望や弾みをうしなったサラリーマンのお経だ。

「子供が多くてねえ。今年また一人学校へ入りやがったんだよ。月給があがるわけじゃないし……どうせ僕なんか、学閥、閨閥、重役閥、あらゆる閥の閥外人種だから、末に何の楽しみがあるんだか……」

ツルリと顔をなでおろして、肘つき手付きでサカズキをなめる。お経の聴き役は、たいてい居酒屋のオカミだ。

「そうねえ、大変ね」

どうせウワの空だが、このアイの手の上手下手でサラリーマン街の飲み屋の繁昌がちがってくるというからオロソカにはできない。

「まあネ、待てば海路の日和ってじゃないの」

わかったようなわからぬような、浪花ブシみたいなオチをつけてもらってヒョロリと飲み屋を出る。月末にはチャンと請求書という景品がついてくる。グチの聴き代と書いてないだけまだマシというべきだろう。

「愚痴はいかに高尚な内容でも、またいかなる理由があっても決して役に立たない」

——エマーソン

ホワイト・カラー族

万国の労働者よ団結せよ

〈マルクス／エンゲルス〉

どうも、探してみたが、見当らない。サラリーマンと組合、こうした問題をピタリとあらわす言葉なのである。思案するこた、ないじゃないか。サラリーマンだって一点の非の打ちどころもない労働者だ。冒頭のマルクスの言葉だけでたくさんだ、などと、バサリいわれてみればそのとおりなのである。

ところがホワイト・カラーというやつ、厄介なことに多少のニュアンスを感じている。すッぱだかな労働者意識をもちきれない奇態な生活感情のもちぬしなのだ。そいつを、特権意識デアロウとかたづけられては、これまたカンの虫のさわるはなしで、そういうものは、インテリジェンスの手前からも持つことの滑稽さを万々承知している。そのくせ、「労働者よ」とよびかけられたとき「おう」とコダマのような鋭感さと力強さで答える小気味のよさに欠けているのは、どうしようもない。

こういう手合が組合をもつほど、厄介なことはない。なにしろその構成員ときたら、資本論の一つも読みかじっているし、学生時代あすにも革命が来そうな形相《ぎょうそう》で赤ハタをふった経験もある。だから、自分のプチブル的アイマイさや、反労働者意識には自己嫌悪を感ずるほどわかりぬいているのだ。そのくせ、手を血ぬらして団結と闘いのなかに入ってゆく勇気をもつことができないのである。

一体、何がそうさせるのか。問題は、サラリーマンが置かれている場なのだ。彼らは、大なり小なり、一個の経営技術者なのである。というのが大ゲサなら、経営というメカニズムを構成している一個の部品なのである。彼らは、経営というものの実態を、おのおのの部署を通してみた職場感覚で、ほどほどに知っている。もし業態がくるしければ、どうしても経済闘争の士気がニブってしまうし、逆に経営が順調であっても、つい、施設の拡充などで会社も金の要ることだから、と、資本家みたいなことを考えて闘志をニブらす。バカなはなしで、資本主義の技術者であるがために、そうした職業感覚と労働者意識とが頭の中でいつもナマ煮えになっているのだ。

サラリーマン組合員なんてのは、おおよそそんなものである。第一、団結なんて根性をもとから欠除している人種だから、もし職場のなかから〝意識〟の高い人物が出たとしても、同僚のあいだで、嘲殺されるか、告げ口戦術でやがては抹殺されるのがオチだろう。

よき組合員たろうとすることは、決して安穏なサラリーマン生活を送れることを意味しない。たまたま強い組合に属していたとしても〝まあまあ、イキのいい連中の驥《き》尾《び》に付しましてね〟と、ヌラリクラリゆくのが明哲保身に不可欠な条件らしい。

それじゃ、いつまで経ってもサラリーマンの職場は明るくならない。組合のない、もしくは有名無実である職場ほど、人事面や職制面の不合理が多く、ジメジメといつも暗いカゲグチや不満が、不燃焼のままクスぶっている。組合は、こうした職場の不合理を排除するブルドーザーでもあるのだ。健実な組合活動は、明るい職場をつくる。自然、能率を向上させることになるから、非組合的態度が、かならずしもお家に忠ということにならないことを、どのサラリーマンも考えてみる必要があるだろう。

真鍮の人生

鍍金《めっき》を金に通用させようとする切《せつ》ない工面《くめん》より、真鍮《しんちゅう》を真鍮で通して真鍮相当の侮蔑を我慢する方が楽である。

〈夏目漱石〉

ずいぶんと人を食ったコトバである。こうクソミソにコナしつけては実《み》もフタもないが真鍮は真鍮なりの光はある。その光の尊さをみつけた人が、平安期の名僧最澄だった。「一隅ヲ照ラス者、コレ国宝ナリ」

約束を守る

約束は必ず守りたい。人間が約束を守らなくなると社会生活はできなくなるからだ。

〈菊池　寛〉

約束とは、破られるためにに存在する。約束を守るというのは、ほとんどの人がその能力を欠いているために、やる気さえあるならこれほど手頃な特殊技能はない。「奴は必ず約束を守る！」すばらしい処生技術ではないか。技術習得の方法は簡単である。「できもしない約束はするな」とワシントンが教えているし、J・J・ルソーも「約束することに遅いものは履行することに最も忠実である」という味な言葉を遺している。

顔に責任をもつ

四十歳を過ぎた人間は、自分の顔に責任をもたねばならぬ。

〈リンカーン〉

リンカーンは、室内を何度も往復しながら組閣の人選で頭を痛めていた。

「お入り。あ、君か」

ブレーン・トラストの一人である。入ってくるなり、彼はある政治家の固有名詞を耳打ちしたが、リンカーンは言下に手を振った。

「だめだ。顔が気に食わない」

「顔？　顔で大臣が勤まりますか」

「勤まる。四十歳を過ぎた人間は、自分の顔に責任をもたねばならん」

……シェークスピアにも、よく似た言葉がある。

「神は汝に一つの顔を与えた。ところが汝はそれを別の顔に造り直した」

〝別の顔〟が仕立てあがる時期を、リンカーンは四十歳後と見たわけだ。「顔は精神の門にして、その肖像なり」と、キケロもいっている。青少年時代の顔は、生れ出た素材そのままの顔だ。持主の責任はどこにもない。ところが老いるにしたがい、品性その他すべての精神内容が、その容ぼうに彫塑のノミを振い出す。

「へえ、あいつがねえ。虫も殺さぬ顔をしてるくせに……」

こういうのは若い時代だけに限られる。四十をすぎれば強盗はズバリ強盗の風ぼうを呈するものだ。

教養、経験、修養、性格、若いサラリーマン時代のすべての集積が、四十を越してその風ぼうに沈澱する。逆説的にいえば、四十以後のサラリーマンの運命は、顔によって決定されるといっていい。ヴァレリーは、この恐るべき顔の再生を、こう表現している。

「人間は、他人の眼から最も入念に隠すべきものを、人々の眼に曝して顧みない」

〈カーライル〉

崩れぬ笑い

笑いは、全人類の謎を解く合鍵である。

「笑いは――」

十九世紀ドイツの辞書編纂家ダニエル・サンダースもこういう。

「ちょうど音楽のようだ。笑いが胸中に漂い、そのメロディの聞えるところでは、人生のもろもろの禍は立ち去ってしまう」

最近ある会社で中年の事務経験者を募集した。応募者二百数十名の中から三名の採用者を選んだが、人事課長の話では、笑顔が採否の尺度だったという。一見奇警ともとれる採用方針だが、真実は多分に含んでいる。魅力のある笑顔というのは一朝にして仕上るものではなく、その人間のすべてを表現するものとして、人格内容のあらゆる集積が裏打ちされている。演技で出来た笑顔は見破られやすいが、人格で演出された笑顔は崩れることがない。魅力ある笑顔はサラリーマンにとって、多少の才能よりもはるかに分《ぶ》のいい天禄というべきだろう。


〈高山京都市長〉

猫にも劣った人物

中元は、汚職と見なす。

高山さんは、京都市の職員に対して、こう云いわたした。元来、弁護士という自由職業人であったこの人の眼には、中元、歳暮などという俸給生活者社会の陋習《ろうしゅう》は、まるで理解の域を越えた奇怪な風習として映じたようである。

汚職ト見ナスなどとは、まるで匿名評論的な手きびしさだ。紳士たる市長職にしては、表現に多少中庸を欠いたウラミはある。が、同時に正義感でハチきれるようにふくらんだ云い方でもあるのだ。しかもたんなる文学的表現ではなく、この一句には、もし違反すれば服務上の規定に照して適当な処置をするという罰則がウラウチされている。まことに、公選首長らしい痛快リンリたる措置であった。

ところがである。風聞では、こうまで市長が、懲罪権という伝家の宝刀をぬいてなお、市職員のなかには暮夜ひそかに上役の門を叩く決死の勇士が出没したという。アサマシサも、ここまでくると凄惨の感じさえあたえる。

当の上役が、その決死行を賞《め》でミツギモノを懐中に収めたかどうかは聞きおとした。が、たとえ受けとらなくても、ウイ奴、アッパレ忠勤の士よと、内心、扇子をひらいてケナゲな中元勇士に賞讃を送ったのでなければ幸いである。すくなくとも、そうまでして、こいつはおれをシタっておるかと、多少の自己陶酔こそあれ反則を憎む気などさらさら起らなかったにちがいあるまい。

こういう上役心理があるかぎり、中元歳暮という陋習は、ミズムシの菌株のようにサラリーマン社会にコビリついてはなれないのである。ダンコたる処置に付すと、腰間の宝刀をヒネってみたところで、それは、いよいよ中元歳暮の効能を大きくするだけにしか役立たない。ヤイバの下を掻《か》いくぐってきたという美談を、中元の水引がわりに添えるだけのことである。

サラリーマン精神の、最も醜悪な面が、中元歳暮として具象化しているといってもいい。

これは礼譲である、と古参サラリーマンは強弁する。およそ、この社会に永くいることによって、人間の真ッ当な感覚が磨り減ったとしか思えない言葉である。

礼譲ではなく、取引であると、なぜ素直に思えないのか。カツオブシ二本持ってゆくことによって、将来（いつかは別として）よりよき地位に引上げてもらおうという取引なのだ。むろんこの取引は、商人のそれのように男性的なものではない。ありもしない「誠意」と「心服」というマヤカシの偽態が紅白の水引として掛っているからだ。しかも「これをあげますから、どうか歩《ぶ》のいい出世をさせてください」とはあからさまにいわず、ハラとハラ、眼と眼で、意思を交換する黙劇《パントマイム》のような取引である。

上役も上役であろう。ヒゲをはやしたオジサンが、カツオブシ二本で買収されるとは、まったく、猫にも劣った人間喜劇である。買収ではない、当然のエチケットを受けるのであると猫氏はいうかもしれない。その証拠に、何を誰からもらおうと、一視同仁、特別の扱いをしないのである、と、別の猫氏はいうかもしれない。それなら、猫ババである。ここにはもはや、取引の精神すら存在せず、盗賊の精神だけが存在する。

なおも、猫氏は、巻きあげたカツオブシをしゃぶりながら、これこそわが国の醇風《じゅんぷう》美俗《びぞく》であるというかもしれない。だとすれば、これほど慶賀すべきことはないだろう。あらゆる〝道義〟が地に堕《お》ちたといわれる「東洋君子国」にあって、この美俗ひとり、富嶽《ふがく》の高きにも似て戦後の乱世の中に屹立《きつりつ》してきたからである。しかも、ありあまった生活から生れた美俗ではない。その低さにかけては世界有数といわれる生活水準のなかから、何をさておいてもと、ハジきだされたのがこのカツオブシの費用なのだ。つまり〝道義費〟なのだ。これがミツぐものも、ミツがれるものも、双方になんら卑俗な取引が黙契されることなく授受されるとすれば、身ヲ殺シテ仁ヲナスというか、わがサラリーマン団が、世界の俸給生活者にむかって大いに誇るべき美俗といえるだろう。

サラリーマンの幸福とは、オフィスというものが、どの程度に乾燥しているかということにかかっている。蔭口、陰謀、裏面工作、勢力閥、すべてこうしたジメついた因子が職場の乾燥度を害しているのだが、美俗というものが、こういう湿潤な職場の地下層に根をおろしているかぎり、ひらいた花がいかに人情、道義、礼譲などの色彩と相似ているとしても、明るいサラリーマン社会の前進をはばむ毒花であるといわざるをえない。

奴レイ人種

タダの酒を飲むな。

〈京大総長　滝川幸辰〉京大卒業式の訓辞より

社用族、公用族という幻妖不可思議な人種がもっとも華やかに跳梁《ちょうりょう》した昭和二十九年の卒業式に、この言葉がのべられている。タダ酒をのむことによって堕いる奴れい化をこの清廉な自由人は怖れたわけだ。

企業は、今後ますます官庁、銀行への依存度を強める傾向にあるようだが、その場合、企業体と官庁、銀行とのあいだをつなぐタダ酒という液体の効用はいよいよ重要度を高める。企業体のサラリーマンにとっては、いかにしてタダ酒を役人、銀行員にのませるかに有能無能の判定がかかっている。腕にヨリをかけ、一滴も多く飲ませるがよい。相手がサカズキを干しおわった瞬間から、表面はインギンに、ハラのなかでは精いっぱいの侮ベツをなげつけてやるがよかろう。そして相手が最後の一滴をのんだのを見とどけてから、おもむろに奴レイとしての義務を、最大限の社交辞句をもって教えてやるがよい。たとえそれによって彼が司直の前に座るハメになっても、みずから奴レイになったような男に余計なシンシャクはいらない。現代はフシギな時代だ。タダ酒というキテレツな魔法の液によって、かんたんに人を奴レイに変えてしまうことができる。試めすがよい。が、試めされちゃまずい。

怒るということ

怒リヲ遷《ウツ》サズ、過《アヤマ》チヲフタタビセズ。〈論　語〉

孔子という人は、死んだ人を理想化するクセがある。彼の極端な古人崇拝もそうだが、若くして死んだ弟子の顔回にも、ゾッコン打ちこみ、なにかというと弟子達の前でこの人物をもちだした。生き身の人間なら、どんなハズミで変なことをするかもしれないが、故人ならその名にいくら美徳の衣裳を着せたって、裏切られる心配はない。後進の弟子たちには打ってつけの教材だったわけである。

その日も、孔子は「奴ほどえらい人間はなかったよ」と手ばなしでホメちぎっていた。

「第一、八ツ当りなんてことをしなかった。Aに向って発した怒りをBに向けることはなかったね。第二に、一度おかした過失を、二度はくりかえさなかったよ。すべてに、チャンとしたケジメがあったんだね」

お前達も、感情をノベツ、ダラダラさせちゃ君子とはいえないぞと、孔子はずらり弟子どもの顔を見渡し、子路なんぞという天真ランマン型の顔をにらみすえた。

弟子たちのなかで、顔回の生前を知っている奴がいたかどうかは知らないが、孔子は実在の顔回よりも、孔子の理想で仮空の顔回像をつくりあげていたフシも多分にある。

顔回は、たしか三十そこそこで死んでいるはずだ。もしそれぐらいの年で、そこまで出来てたとすると、ずいぶんとツキアイにくい奴だったにちがいない。青春には、もっと、若さによる痴態があっていいはずだ。孔子式の採点簿には点がよくないかもしれないが、若いころは、顔回みたいなスキのないキマジメさより、多少の痴愚さがあるほうがいいかもしれない。その痴愚が、愛嬌という人間的魅力にまで変質できればである。品行と愛嬌を天ピンにかければ、どちらの比重がおもいかは、早断にいえないようだ。

さて「怒リヲ遷サズ」という、顔回得意の人間技術についてである。

これは、サラリーマンが習得すべき人間技術としては、重要な部門に属するだろう。おたがい、下僚同士のあいだならまだいい。これが上役という場合、やたらとイカリを他にうつされてはたまったものでないのである。

もともと、上役とは、必ずしも人間の上出来なのがなるわけではない。下僚に人柄の出来物《できぶつ》がそろっていて、課長ひとり人品骨柄よろしくないという喜劇的な職場もザラにある。これが、重役に叱られてきたフンマンを、八ツ当りに課員に当った日には、課員たるもの、仕事よりもむしろ、そのほうに一日の神経を費消してしまわねばならない。朝、出がけのさいの女房のオカンムリが、そのまま課員にハネ返ってくるともなれば、もう沙汰の外《ほか》である。

そういう手合、そういう暴状の前ですら堪え忍ばねばならぬところに、サラリーマンの悲しみがある。が、症状があまりにはなはだしいときは仕方がない。下僚一同そろって、彼の鎮静時にでも泣訴懇願することである。口答でいいにくければ、次の先哲の言葉をタイプで打って、そっと彼の机の中にでも入れておくことである。これを読んでなお「だれがしたんだ」と怒るようでは、もう見込みはない。そういう、長に振り当ったオノレの天命を呪ってあきらめていただこう。

「怒りは無謀をもって始まり、後悔をもって終る」

——ピタゴラス

「怒った人間は、口を開いて眼を閉じる」

——カトー

「怒りは一時の狂気である。この感情を押えなければ、怒り自身が君をとって押えることになる」

——ホラチウス

議論好きは悪徳

人生はいつまでも学校の討論会ではない。

〈D・カーネギー〉

議論ずきというのは、サラリーマン稼業にとって一種の悪徳である。本人は知的体操でもやってるつもりかもしれないが、勝ったところで相手に劣敗感をあたえ、好意を失うのがせいぜいの収穫というものなのだ。

まだしも話柄《わへい》が、火星ニ生物ガ棲息スルヤ、恋愛ハ結婚ヲ前提トスベキヤイナヤ、などと科学評論や人生評論をやってるあいだは可愛い。が、次第に議論に快感をおぼえて同僚や上役を俎上《そ》にのぼせ、大いに人物評論家としての才腕を発揮したりするようになると事が面倒になる。

カーネギーにいわせると、営業部員の論客ほどヤクザなものはないそうだ。

たとえば〝論客〟が会社の応接室でお得意と対座している。彼は彼の会社の商品を大量注文させようとリキんでいるわけだ。が、相手は、元来B社から買っているからと、あまり乗気ではない。

「第一ああいう社の商品とは鋼質からしてちがいますよ。ええ、便利さの点でも数等上です。ねだんも安い。これでなお買わないというのはオカシイじゃないですか」

議論のつもりだから、ユビ角力のようにカサにかかってゆく。この場合相手の心理状態といえば、もともとB社の商品を使っていたわけだし、それはそれなりの理由があってのことだから「そういったって君、B社は伝統あるメーカーだよ。新興メーカーの君んとことは商品の素性からしてちがう」などと恩も義理もないB社を弁護するような気分に追いこまれる。こうなれば、たとえ論戦に勝ったとしても相手の自尊心を傷けるぐらいが収穫で、とても商談は成立するものではない。

その〝人間学〟を買われて米国の一流商社の人事顧問をしているデール・カーネギーは、議論なき商論とはこういうものだと、次の事例で教えている。

まず、老練な営業部員は、決して競争品をケナさない。

「あれはリッパな会社の製品で、お使いになって大てい間違いありません」

こうくれば、客は急に無言になろう。一瞬にして議論の相手がなくなったからである。相手の抵抗意識がおさまったところを見すまして、しずかに自分の社の商品の特徴や評判などを、つまり議論でなく事実をのべるのである。論理よりも心理に通ずる者が勝つとカーネギーは語っている。

職業的倦怠期

僕の経験からいうと、入社して二、三年は健康に気をつけなければいけませんね。三、四年して、別に健康に異常がなければ健康の方は安心です。

五、六年になって、いよいよ中だるみがきます。仕事の能率がわるくなるのです。仕事もひと通りわかってきたし、上をみればキリがないし、一生懸命働いているのがなんとなくバカくさくなってくる。この中だるみの症状は、ちょうど結婚生活の倦怠期と似ています。

〈源氏鶏太〉

サラリーマンの倦怠期——この時期にサラリーマンの人生のタイプが出来上る。経験五年といえば、上役からみれば、いちばん使いやすい時期なのだ。だからこのころに戒心して大いに仕事をすれば一応の出世はまず確実といっていい。出世型のサラリーマンは、このスランプ期をうまく泳ぎきっている。

人生派のサラリーマンも、大ていこの時期に曲り角を曲っている。スランプのあげく、学生時代興味をもっていた能狂言を勉強するようになったり、むかし熱をあげていた文学をもう一度やりたくなったり、あるいはバク然と酒と女の享楽生活に入ったり、さまざまな人生のタイプをこしらえあげる。

遠泳する人が中だるみに入ると、クルリと腹を裏返えして白雲を見ながら何を考えることなくビョウボウたる水と空に融けこんでゆく。そういうサラリーマンの人生もあっていい。生涯、そう暮らして悔さえなければ立派な人生の生き方の一つだろう。酔生夢死に徹することも、たしかに生活者としてはすぐれたサラリーマンであるにちがいない。とにかくこの倦怠期に、サラリーマンとしての人生の型をきめることだ。

無用の長物

われらは、論理の動物をあつかっているのではなく感情の動物をあつかっているのである。しかしその動物は偏見に満ち、誇りと虚栄心に燃えている動物である。

〈D・カーネギー〉

というような厄介きわまりない人間という動物に、しかも、上役、同僚、下僚といった階級の輻輳《ふくそう》した動物に、サラリーマンは毎日つきあわされている。

D・カーネギーはこの説明の引例として、昭和六年ニューヨークで逮捕された米国ギャング史上きっての兇悪犯「二挺拳銃のクローレー」のエピソードをあげている。

ウエスト・エンド・アベニューのアパートに追いつめられたクローレーは、二挺の拳銃で応射しつつ、機関銃をもった百五十人の警官を一歩も中に近づけなかった。ついに警官隊は屋根にガス隊をのぼらせて穴をうがち、屋内に催涙ガスを投下してやっと捕えたのだが、その寸前、さすがの彼も悪運これまでと観念したか、血まみれの手にペンをもち、一枚の紙片に遺書をしたためた。

「私の上衣の下には一つの疲れた心臓が鼓動している。しかもそれは、何びとにも危害を加えることを欲しない優しい心である」——

　何びとにも危害を加えないどころか、彼は当時の捜査指揮官ムルーネ警視にいわせれば、「史上もっとも危険な兇賊の一人で、羽毛が微動しても直ちに発砲殺戮した」というのである。電気イスに坐わる最後の一瞬ですら、悔悟の色をうかべず、「ああ、これが私の自己防衛の報いだ」と、自己の正義と正当を確信しつつ昇天したほどの男である。

　刑務所にいる囚人のほとんどは、自分を悪人とは思っていないという。やむをえず悪事をやったのであり、自分の弁解には一々りっぱな根拠があると、大ていは信じている。

　つまり、引かれ者の小唄、ぬすッとにも三分の理、一寸の虫にも五分の魂というやつだが、これらは必ずしも刑法のご厄介になる連中ばかりとはかぎっていない。聖人君子などという特殊な人種以外のすべての人類は、このコトワザに関するかぎり〝ぬすッと〟に該当する人物ばかりと思っていい。

要するに、批評、非難、叱責という行為は、上下のいかんにかかわらず、すべての職場人に対して避けたほうがいいということだ。

一八六三年七月南北戦争の当時、北軍の将ミード将軍は、敵将リーの退路を断って全南軍をセン滅しうるチャンスをにぎっていながらむなしく時を失した。南北戦争中、北軍の犯した最大の失策であると、こんにち、戦史家もみとめている。当時、大統領リンカーンはきわめて穏やかな問責の手紙を書きあげたが、再考のうえ、ついに送らなかった。リンカーン死後、彼の書類箱の底から出てきて、はじめて世間はその事実を知ったという。

リンカーンというのは、じつに人心の機微を知りぬいた偉大な人間通だったといわれている。おそらく手紙を送ればミード将軍は弁解これ努めるだろう。たとえ弁解しなくても、その感情をそこない、自尊心を傷つけ、士気を喪失するにきまっている。

この一事を読みとっただけでも、彼はただの政治家ではなかったのだ。

サラリーマンにとって、無用の長物は余計な表現慾である。人物を評価してもいいが、その批評能力を口頭で表現してみせることはやめたがよい。評論家でもない人間が表現能力や批評能力を誇ったところで、一文のもうけにもならないことはわかりきったことだ。ならないばかりか、批評された向きから、やがては十倍にもなってお返しがもどってくるぐらいがオチなのである。

上役と下僚

ここではすべての者が無智によって仕事をします。そしてただ、上役がさよう申されました。上役がさよう望まれます。上役がそれを命じられました、と云えるだけの理性があれば事足りるのです。

〈ラブレー〉

十六世紀のなかば、フランスの作家ラブレーは、「ガルガンチュア物語」という風刺小説をかいた。これはその一節である。

説明と描写が誇張にみちてはいるが、この一節などは、サラリーマンの心臓には決してこころよいものではない。思いあたるフシがありすぎるからである。

ゴムリゴモットモは、人間が禄やサラリーで傭われるようになった大昔このかた、宮仕えする者の伝統精神として、今日なお、サラリーマン社会に栄えている。上役のいうことなら、こと生命に関しないかぎり、糞尿でもつかみ、上役がそう嗜好するなら、自分の恋人でもさしだしかねまじい、レツレツたる宮仕え精神に燃える英雄は、どの職場にもかならず一人はいる。糞尿や恋人は、ラブレー的誇張であるとしても、組合員を裏切ったりする程度の挺身ぶりなら、それがいかに敵前で鉄条網を切るほどの危険さがあるにせよ、君ノ馬前ナリと思えば、勇猛果敢にやってのけられる人材が、サラリーマン社会には多い。

そういう果敢な英雄精神に富まなくても、ラブレーがいってるような迎合主義なら、どのサラリーマンも、サラリーマン第一課の徳性として大なり小なり身につけている。

情けないことながら、宮仕えの身にはやむをえないことなのだ。あるプランをめぐって上役と意見が衝突しても、一度は自説を主張したところで、さらに上役がそれを押せば、再度固執することは、こと職場での生存に響いてくる。真に自分の説が会社を利し、また正義のためのものであったにしても、それを固執してついには辞表をたたきつけるなどは、一ぺんのロマンティックな感傷にすぎない。あすからやってくるものは、妻子の飢ということである。泣く子と地頭には勝てない。毎月サラリーにありつくには、イケ好かない上役へも衷心《ちゅうしん》からの心服を誓った微笑をうかべなければならないし、上役の意見がいかにナンセンスであるにせよ、十度に九度まではゴムリゴモットモと引き退がらざるをえない。

悲しい職業である。が、この悲しさも、生きるために必要な自己抑制ともあれば仕方がないが、君の馬前的な、破廉恥な忠勤をはげんだとなれば、問題は別だ。

忠義のためなら、子をも殺し、友をも売るというのが、武士という封建サラリーマン社会の倫理であった。武士道には、多くの無惨で利己的な要素がこびりついている。

ただオノレの食禄や領地がほしいばっかりに、恩もウラミもない敵兵を殺戮するわけだ。昔の戦記物語を読めば、武士道のアサマシサが骨身にしみてわかる。仇討にしたってそうだ。親孝行でも武士の面目でも、何でもありはしない。親や兄が殺されると、トノサマから仇討免許状なる手形をもらい、全国くまなく歩きまわる。探ねたずねて、十年または生涯の日子をかける場合もすくなくはない。十年も親のカタキを憎めるなどは、よほど憎悪心のつよい、いわば当今、そんなのが周囲にいたとすれば、まず交際いたくない手合いである。普通の神経なら、とっくに憎悪の感情がうすれてしまっている。憎くもない者を殺すのだ。脊筋の寒くなるような非情さである。なぜ仇討マンたちは非情な殺人意思をすてなかったか、それはいつにかかって生活問題なのである。カタキを殺して帰らねば、自分の家がとりつぶされるシクミになっているからだ。家禄という無為徒食な生活を取りあげられるからだ。親類にしたって、いい迷惑である。その男の家がツブされれば、眷族を自分たちで養わねばならない。だから伯父貴が仇討を手伝ったり、姉ムコが助太刀を買ったりするわけである。武士道とは世にもスサまじいエゴイズムなのだが、日本ではいまだに大衆小説や浪花節で礼賛され、われわれはその苦心にナミダをながし、その成功にヒザを打っている。

こうしたエゴイスティックな武士道に、当然欠けているのは友愛という精神である。仲間を大事にし、仲間を裏切らないという精神だ。友愛に当る言葉すら、武士のヴォキャブラリーにはなかった。

同じ宮仕え族の後裔として、現今のサラリーマンにも、こういう武士道は受けつがれている。上役のほうが、仲間よりも大切であるという根性である。上役は、自分の生存と出世にむすびついているが、仲間はそうではない。だから、サラリーマン第一課は、武士道的忠義それだけが重んじられる。

といって、大いに抵抗精神を高め、叛骨をかきたてよというわけではない。仲間への仁義や友情を裏切らない程度に、ほどほどにゴムリゴモットモであり、ほどほどに忠義者であれというのだ。せめて、武士にはなるなというのである。

聞き上手の美徳

フランスでは相手に会話の接穂《つぎほ》をなくさせることは失礼なことになっているが、イギリスでは会話をはずませることは軽率なことになっている。
〈モロワ〉

日本では――モロワの言葉の調子でいえば「聞き上手というのが、しゃべり上手よりも、礼譲と技術の点で上位に置かれている」となろう。おそらく、聞き上手という語彙《ごい》は、日本語以外にないはずだ。

「沈黙は金、雄弁は銀」という。が、職場という有機体の中に住むサラリーマンにあっては、むしろその価値は逆にすべきだろう。幸田露伴も「沈黙は愚人の鎧、冑なり。奸者の城塞なり」といっている。事実、サラリーマンの日常生活にあっては、沈黙はむしろ悪徳の印象を与える場合が多い。

沈黙は下《げ》の下、能弁は下《げ》、聞き上手は上《じょう》というのがサラリーマンの会話技術上の心得ごとにして間違いはなかろう。

階級性早老

先輩からは知恵を、後輩からは感覚を汲むがよい。〈西　諺〉

ヘンな例をひくようだが、むかし軍隊という特殊社会があったころ、二十五歳をすぎればそこではもうリッパな老兵気取りで通った。三十の准尉殿ぐらいになれば、世間の五十歳程度に精神が老いこみ、二十七、八の軍曹君が「きょうビの若えモンは」などとホザいたりする。階級が進むにつれて構えが尊大になり、動作が鷹揚緩漫《おうようかんまん》になって、ニキビの消えあとの残った中尉あたりが腹をつきだし、アゴでものをいった。

官僚社会にもこれに似た現象がある。三十そこその高文出の府県課長が「キミ、人生というものはやね」などと四十ヅラをさげた課員に話しているのを見たりすると、グロな見世物でもみてるような感じで一日中気味が悪い。

人生の年輪にくらべて不相応な階級と権力をあたえられる社会では老成の畸形現象がありがちだが、サラリーマン社会にとってもこれはヒトゴトではない。こうまで珍妙でないにしろ、サラリーマン社会もまた階級社会である以上、画家、商人などにくらべると「自然年令」よりも「職場年令」で老けてしまう。

老けるのも、時によって便利なこともあるかもしれないが、営業や企画関係の職種では感覚まで老けてしまってはハシにも棒にもかからない。常に今日的な若々しい感覚に生きることが、サラリーマンにとって、絶対とはいえないまでも、必要な要件だ。ポスター一つ注文するにしても、古ぼけた感覚ではどうにもならないし、購買心理の隠微な動きを知るにも老化は営業課員の敵にちがいない。

後輩をつかまえて「キミ、そんなことじゃダメだよ。だいたいボクの新入社員時代は……」などと回顧趣味や説教癖をもちはじめたら、人間もう救いようがない。

自分のわずかな職業上の体験や知識、人生に関するコレッポチな知恵をふりまわすようになれば、人間の成長はそれでおしまい、ドンランに他から吸収するほうが人生刻々の急務であるはずだ。

老化をふせぐためには、常にコンニチの世界に生きることが必要だ。老先輩の話をきいてその体験から知恵をひきだすのはたしかに大事なことだが、前時代の余香の匂いまで移り香されてはこまる。

先輩の知恵を厳密に選鉱《せんこう》するとともに、いつも二十代の社員の世界に感覚の足場を置いておくことを忘れてはなるまい。

「人生の真の喜びは、目下の者と共に住むことである」　――サッカレー

女性サラリーマン

年頃の女になれば、自分の熱情を注げるような仕事をしてみたくなるはずです。　〈源氏鶏太〉

女性とは悲しい生物だ。彼女らは、セックスにコンパスの針を置いて回転した人生以外、いかなる人生も設計することができにくいように仕上げられている。恋愛、結婚、そして育児。これ以外に、たとえ人生の或る季節だけでもいいから、彼女らの情

熱を燃焼しうる対象がないものだろうか。

「あなた、幸福？」

「ううん。だって彼、ちかごろ冷淡なんですもの。あたし、死んじゃおうかと思って、ゆうべも、薬局の前を四度も往き戻りしちゃった」

こういう会話が、ある職場から他の職場へ、電話線を伝って交換される。むろん、オフィスは真ッ昼間である。彼女らにとって、会社のビジネスよりも、人生のビジネスのほうが、むろん火急事なのだ。

彼女らは、幸福という言葉がすきである。女性をますます低劣化することに全力をあげているモロモロの婦人雑誌は、「幸福」という文字を毎号おそらく数百を越える活字に仕組んで彼女らの嗜好に迎合していることでもわかろう。

女性が生きる悲しみは、幸福の定義がセックスの幸福ということだけに限定されていることから多くは出発している。恋愛、結婚、育児——すべてセックスを中心とした幸福の課題なのだが、もしこれ以外の課題に対して、女性人口のうちのたとえ一〇％でも情熱を完全燃焼させるとすれば、おそらく男性にとって、女性は、今とはちがった新しい魅力と、畏怖すべき一個の人格として映るにちがいない。

女性サラリーマンは、そうした実験の場におかれた代表選手ではないだろうか。

比較的女性の職場として永い伝統をもつ学校教師の場合などは別として、会社、官庁あたりにいる女性事務員の職業に対する態度をみていると、残念ながら、尊敬にあたいする職業人はそうザラには見受けない。

彼女らは、サラリーマンという職業社会では、よくいえばアクセサリー、わるくいえば一個の半製品としか見られていない。独立した責任のある仕事を受持つのではなく、たいていは、ちょっとした補助エンジンの役目しか負わされていない。補助エンジンならまだいいほうで、ドロヨケか、ドアの把手といった、それがなくても走れるが無ければ便利がわるいという程度の役目しか持たされていないのが普通なのである。

じつに女性蔑視もはなはだしい扱いだが、かといってこれを不当とする女性サラリーマンの争議が起ったタメシを聞かないのは、やはり彼女らはこの程度の人間待遇で満足しているのだろうか。

「どうせオヨメに行くんだもん」などと自らタカをくくって、才能もエネルギーも持ちあわしてるくせに、情熱と関心の過半を、〝コーフク〟の追求と女性同士の蔭口に捧げつくしている。いかにつまらぬ職種であろうと、与えられた職業を研究し自分の才能を拡大してゆくという別種な〝幸福〟に対しては、彼女らはたいてい「アタシは女だから」というだけの理由で、テンから関心をしめしていないのが、おおよその実情であるようだ。

まことに、女性に対して礼を欠いた言い方であるかもしれない。が、残念ながら、礼を欠いている分《ぶん》だけ、これはホントウに近い実情なのである。——A子はB子よりも好みにセンスがある。C子はD子よりお化粧がうまいが、素顔はD子にかなわない。E子を一群の女性から峻別しているものは、彼女のすぐれた歩き方である。F子は趣味からいえば多少ミーハー臭があるが、あの温和さは無難な女房型として抜群の資質であろう。

というようなクダラヌ鑑定家が、女性のいる職場にはマスですくうほどいる。いずれも彼女らを女性そのものとしてしか、評価していないのである。——A子は複雑な二重帳簿の作成に長じ、B子はそのすぐれた販売能力の点で、もし彼女が一週間も休暇をとるとしたら、営業課はほとんど暗闇のようになる。C子はソロバンのほうはやや不確かだが、その商業文の卓抜さは他に類がない。

などという、その職業人格を批評した声がどの職場でも全くといっていいほど聞かれないのは、あながち、男性の女性に対する批評眼がつねに低劣卑猥であるというせいばかりではあるまい。

職場にあっては、男性は、性を超絶した一個のビジネスする機械として変身するが、女性は大いていい、その半身すら機械に化《か》することができず、多分に生身《なまみ》なナマ臭さを発散している。化けそこないの機械では、機械そのものの優劣よりも、つい鑑別眼が、その生身のほうの評価に重心が傾くのは一がいに男性の低劣としてコナしつけるわけにもいくまい。

女性をそうさせているのは、永年男性が支配してきた職業社会の偏見ということもあろうし、女性のサラリーマン史があまりにも若すぎるという点もあげられよう。理由のセンサクはしばらくおくとして、もし女性サラリーマンが拘束八時間の職場で完全にビジネスする機械として変身しうるようになった場合、おそらくこれは女性史上重大な事態をもたらすことになるだろう。日本の女性の人生観やものの考え方、そして彼女らのすきな〝幸福〟の質や湿度も大いに変化するはずだし、男性の側も、こういう女性と社会や家庭を形成することに、前時代の良人や恋人がおよそ味えなかった別種なよろこびを大いに享受することになるはずである。

職場の恋愛

職場の恋愛は、まず避けたほうが利口。〈D社社員雑誌より〉

といわれたところで、好きになっちまったものは仕様あるまい。場所と身分をえらばないのが恋愛の特性だし、サラリーマンの恋愛結婚の多くが職場で結ばれているというのも厳然たる統計的事実である。

職場結婚の長所はむろんある。シロクジ中お互いに観察しあっているため「恋愛とは、美しき誤解」の、誤解の度合が多少縮減することは考えられよう。同時に「美しき」のほうの度合も半減することもたしかだ。

それはまあいい。問題は多くの場合、職場恋愛はたがいの精神を卑屈にする。事実と行動の秘匿がそうさせるわけだ。人によっておおっぴらに自分たちの恋愛行為を公示できる性格のカップルもあろう。が、通常、ひめやかな行動のなかにこそ恋愛の純潔と悦びを見出す。ところが職場という〝世間〟は、恋人たちのひめやかさをゆるしておかない。ウワサが飛ぶ。ウワサはいつの場合でもその半分は悪意という媒体ででき あがる。当人たちの思いもよらぬヨタな要素もはいるだろう。こうした、ウワサという見えざる世間に立ちむかう場合、デリカシィに富めば富むほど応酬にヘトヘトになってしまう。気にすればするほど、ウワサのもつ低劣な精神の次元に、みるみる自分も追い落されてゆくような感じがする。

「君子は危きに近寄らず」とは、孔子らしい平俗な教訓だが、なろうことなら恋人は職場の同僚でないほうが幸せだ。ウワサという陋醜《ろうしゅう》な怪物に追いつめられて精神が奇妙なかたちで萎縮してしまいがちになるからである。

女性に警戒せよ

「あなたが一人暮らしだと聞くと、わたし何だか落ちつかないわ」

現代の女性は軍国時代の日本の軍人よりずっと進撃的であり、征服慾に燃えていると云ってまずよいだろう。

〈きだ・みのる〉

ある月の「新潮」を読むと、きだ・みのる氏はひどく女性恐怖者のようだ。彼は「女性は怖るべき生物である。しかも我々の周囲にいる女性は世界で一番警戒を要する女性である」として、在日外国人とくにフランス人が昔から戒心事項にしていることを二つ挙げている。一つは日本酒だという。味がサラリとしているのでつい飲みすぎ、足もとがフラフラして歩けなくなってしまう。もう一つは日本の女性、これは魔性《ましよう》だそうだ。非常な征服慾をもっていて、タワムレの恋愛のつもりで交際っているうちにその感情表現にカラまれてつい日本に落ちつくことになる。

きだ・みのる氏にいわせれば、男性が得恋したばあい、一般に女性を征服したつもりでいい気になりがちだが、とんでもないマチガイだという。失恋こそサイワイなれで、恋が失恋におわったときには男性の自由は確保されるが、もし不幸にして？　得恋したら、それこそ非常信号をあげるがよい。男性はテもなく女性のこしらえた家庭という生ぬるい牢獄の中で女性のみの幸福を自分の幸福と思いこまされるか、または思いこみたがる危険があるからだそうだ。

さて、さきほどの在日外国人の警戒事項は、同時に新しい職場にやってきた独身サラリーマンの場合にもあてはまるだろう。

諸賢は、社の化粧室における職場の若い女性たちの会話を盗み聴いたことがありますか。もしそういう機会にめぐまれたとしたら、諸賢は自分の耳の鼓膜をおそらくは信じまい。会話は要するに帰するところ、若く好もしい職場の男性を、いかにさあらぬ体《てい》でクモの網にからめとるかということにかかっている。「ちょっとK子さん、今度埼玉支店から転任してきたWさん見た？　ちょい、いいマシじゃない？」「ウン。だけど、サラリー安い上に扶養家族ウントコサあんのよ。攻撃価値なし」

ビルの午下り、川ッ縁で額をよせあっている同性のカップルにマイクをむけよう。

「やンなっちゃうわ。もう一週間で二十五歳の誕生日よ。だのに、ひとォりも見つかりゃしない。夜なんかそれを思うとイライラしてきちゃっていっそ死んじまってやろうかと思うときがあるわ」「イカズゴケ性ヒスね。しっかりなさいよ。何のために会社へ毎日きてるの、オムコさん探しじゃないの。会社なんてまるで釣堀みたいにオトコノコがウヨウヨしてるってのに……」「あたしなんかダメ。その点あなたなんか、いいわねえ。アクションの大家なんだから」「何いってんのよ。あなたこそ体当りの名人のくせに……。モテないのは結局作戦がヘタなのよ」

　このあたり、お嬢さんがたに読まれると女性侮辱だなどと叱られるかもしれないが、こうしたむきみな会話が、外見、チョコレートとシュークリームだけを常食に生きているようなお嬢さん方の口から雑作もなく出たりすると、まったく幻滅という単語はこの場合のためにのみ作られたとしか思えない。ユーゴーならずともつい「女は完成した悪魔である」と叫びたくなるではないか。

　もっとも、截《き》りたてのセビロを着て新しい職場にやってくるサラリーマン人生のルーキーたちが、女には海千山千の苦労を重ねたユーゴー先生なみに「女とは悪魔だ」などと思いこむのは、少し考えものだ。そういう悪達観《わる》は、青春の輝きを自らコスリとるようなものだが、といって簡単に点火するオクタン価の高いガソリンみたいなのもまずい。

新しい職場に入るサラリーマンは、女性社員の側からいえば、新しい釣堀に入れられる魚のようなものだ。気の利いた釣堀の魚なら、出来るだけ釣られぬようにする。冷静な選択眼こそかんじんだろう。

サラリーマンの結婚

結婚——いかなる羅針盤もかつて航路を発見したことのない荒海。

〈ハイネ〉

一度結婚してしまうと、善良であること以外は何事も——自殺でさ

〈スティブンソン〉

えも——残されていない。

ハイネにしても、スティブンソン先生にしても、よほどの悪妻をおもちだったのだろう。とんでもない山の神を背負いながら、一歩あるいては顔をシカめ、二歩あるいてはタメ息をつき、夫たる数十年の後半生にツイた限りない吐息のひとつがこの〝名言〟というわけだ。ところが青息吐息は両先生だけではない。モンテーニュだって「結婚は鳥カゴのようなものだ」と女性にはシッケイな譬えをもちだし「外にいる鳥たちは徒らに入ろうとし、中の鳥たちは徒らに出ようともがく」といっている。バーナード・ショーも「できるだけ早く結婚することは女のビジネスであり、できるだけ結婚しないでいることが男のビジネスである」と皮肉り、スタールときたら自分が女性のくせに「私は私が男でないのをよろこぶ。男だったら私は女と結婚しなければならないから」などと、若い男性の希望をペチャンコにするような雑言をまきちらしている。伝説によれば、東洋の大聖孔子は生涯悪妻のヒステリーでナヤまされたというし、ギリシャの大哲ソクラテスも街ン中で女房から水をブッかけられたりした。

いずれも史上名の高い人生の師である。彼らですら手を焼いた「結婚」というものに、しがないサラリーマン風情がたちむかって果して望むような結婚の幸福がえられるだろうか。

もともと結婚というシステムは、人間にとって無理なように出来あがっているのだ。人間はハトかなんかのように、本能的生態として一夫一婦制をえらんでいるなら、まず世話はなかろうが、男女関係の歴史をひもといても一夫一婦の結婚制が確立したのは、永い人類史からみれば、ごく最近のことに属する。日本などでも、厳密に考えれば、現在のような結婚の社会制度と倫理が生れたのは、明治以降のことだろう。それまでは男性の支配権が圧倒的に強く、結婚といったところで男性には権利だけがあって女性にただ服従を強制するだけでコトは足りた。

戦後はとくに男性にとって事情がよくない。男女同権思想なんてのはこれはまあいいとして、経済社会の混乱と弱体化のために亭主の経済力を根ッコからゆすぶってしまった。

男女同権の民法は、亭主関白のカンムリを叩き落して彼を封建貴族の座から追放し、さらに戦後の資本主義の衰退は彼から財布を奪って〝ブルジョアジー〟の座から転落させ、ついに名実ともプロレタリアの次元に追いこんでしまった。経済的にみても多くの亭主は家族を養う「主人」ではなく、家族の一員として何らかの経済的義務をもつ家族労働者にすぎない。彼のサラリーで足りない他の家計は妻の労働によって補うという共稼ぎ形態が普通のかたちになってきている折柄、もはやかつての亭主族華やかなりしころの権力は彼の側にはない。権力とはおよそ経済的な主体性のある側にのみ付属するものだからだ。

経済力をもつ妻は、大ていの場合、それだけの主張をする。経済力をもたない妻も、経済力の乏しい夫に対して「あなたは扶養の義務を果してないじゃありませんか」などとまるでドレイに対する主人のように過酷なムチを当てる。「サラリーマン目白三平」の作者中村武志氏も「ご亭主にグチをこぼさないことを、僕の女房もふくめてサラリーマンの奥さん方にお願いしたいのです。グチというのは、結局、サラリーの額に通じている。しかしこれは、いくら少ない少ないといって亭主を責めても所詮ムダなことでしてね」といっているが、とりようによれば経済的支配力をうしなった亭主族の世にもかなしい悲鳴ともいえるのではないだろうか。

かくて権力は妻と夫に両分された。いわば二頭政治というまことに男性史上哀悼すべく女性史上祝福すべき段階に達したのだが、さてこの〝政治形態〟が結婚生活という結合をどう守ってゆくかということになると、前時代の〝独裁制〟以上に困難な危険をいくつもふくんでいる。ハイネ先生やショー先生など〝独裁〟時代の結婚経験者の「名言」なんかは今や参考程度にしかならぬほどムズカシイ問題を多く背負いこんでいるわけだ。日本の離婚率が最近世界の第五位にノシ上ったことでもわかるとおり、どの点からみても「結合」はきわめて分解しやすくなってきた。「それアかつての独裁制による屈辱的な結合よりも二頭政治による失敗のほうをむしろ選びますわ」と勇ましく叫ぶ女性もあるかもしれないが、もし終生添いとげることを結婚の原則として支持するならば、このへんで新しい結婚生活の技術を考えねばなるまい。

さて、もう一つ名言を探してみよう。ラ・ロシュフコーは「よい結婚はあるけれど、楽しい結婚はめったにあるものではない」といっている。愛情だけで万事バラ色の世界が現出すると思ったら大きな間違いだ。第一愛情が新婚当初のまま昂揚の仕ッ放しで生涯つづくなどとは、オトギの国の奇蹟にすぎない。

愛情を防衛する「協調の精神」というものが、今後ますます二頭政治の結婚生活に必要になってくるだろう。もし結婚生活を終生つづけたいと思うなら、極端にいえば愛情第一主義の迷信をすてて協調第一主義のハタジルシに変えるべきだ。スティブンソンのいう「一度結婚してしまうと、善良であること以外には何事も、自殺でさえも、残されていない」という言葉も、裏返していえば、「結婚生活を防衛するためには、善良であることとつまり互いが我を折った協調の上に立つこと以外方法はない」ということにもなる。フランスに格言がある。「良き夫たるには耳をふさいでいなければならず、よき妻たるには目をとじていなければならぬ」というのだが、もしそれがイヤなら独身生活をつづけるがよい。しかしそれがいかに味気ないかは、サミュエル・ジョンソンがその著「ラセラス」で「結婚は多くの苦痛を持つが、独身生活はもともと喜びをもたない」といっているとおりである。

大度量の女房

満足は宮殿よりもむしろ小屋に住んでいる。

〈英国の格諺《かくげん》〉

上ヲ見レバ限《キ》リハナシなどという平俗な幸福論を説くつもりではない。立身出世主義の女房だけは貰うなということをいいたいのだ。平凡を愛さない女房ほど、サラリーマンにとって悪妻はない。

ヒイヒイあばらをあえがせながら、痛々しいようなヤセ馬が人生街道を走ってゆく。そのあとから馬の女房が虚栄のムチをヒステリックに振り鳴らして追ってゆく……。ずいぶんと笑いごたえのある風景だが、笑いこけているうちにいつのまにか後ろに廻った女房からバシリとしばかれぬよう、女房教育には十分の留意があってしかるべきだ。

タカが会社の課長や重役になるぐらいが出世だと思うような了見の狭さでは、サラリーマンの女房は勤まりかねよう。出世とは千載青史に名をとどめるような大英雄になることであって、それ以外なら何々会社社長であろうがゲタ屋のオヤジであろうが、出世という段からみれば五十歩百歩だという大度量をサラリーマンの女房は持つべきだろう。どうせ亭主がミナモトノヨリトモにもトヨトミヒデヨシにもなりかねると判断したらば、いさぎよく下級サラリーマンで満足しきる覚悟を女房にもたすがよい。女学校の同窓会で女房にトキをあげさせるために、ホコリっぽい出世街道をアワを吹きながら走らされるなど二度とない人生に何のため生れてきたかわからない。

家庭の芸術家

この間ね、高橋義孝先生がいっていたのですがね。サラリーマンには、家庭以外に楽しみがないのだから、いい女房をもらったサラリーマンが一番幸せになれる。

〈中村武志〉

重役さんには聴かせたくない言葉だが、よきサラリーマンの可憐な本音というのはやはりこの辺におちつく。裏を返していえば、女房の味をもっとも知りつくして死ねるのも、サラリーマンならではの役得だし、さらに裏を返せば、亭主の味をたんのうするくらい頂けるのもサラリーマンの女房なればこそだろう。

サラリーマンの幸福な人生とは、家庭にコンパスのシンを置いた人生である。第一に家庭生活に割かれる時間が十分すぎるほどある。第二に、仕事が家庭生活の密度をこわす場合はまずすくない。

芸術家なら通常、その家庭は仕事場の従属物として存在する。逆に、サラリーマンの場合家庭を守るためにその職場へ出稼ぎにゆく。だれも会計課員であることを男子一代の偉業だとは思っていないし、庶務の仕事と取ッ組んで一ぴきの鬼と化するほどの異常児も、まずサラリーマン街では見かけない。

「人生は芸術である」という表現に似通《にかよわ》せば、サラリーマンはいわば家庭を創る芸術家だ。職業人としての人生は光彩にとぼしいかもしれないが、家庭という創造にすぐれた作品を生みさえすれば、その豊かさと意義にかけては、大芸術家の一生と何ら差異はない。だからこそよき合作者をえらぶことはサラリーマンの人生にとって最大の事業といえるだろう。

「妻と子供をもった男は運命に質入れしたようなものだ」　　　――ベーコン

家庭という人生

私たちが理解している限りでの家庭生活は、鳥カゴがインコにとって自然でないと同じように我々にとって自然なものではない。

〈バーナード・ショー〉

サラリーマンがサラリーマンらしく人生を享受しようと思えば、こういう言葉に耳をかたむけるべきではない。この種の言葉は山ほどもある。ジイドも「家族よ、閉された家庭よ、私は汝を憎む」といっているし、同じショーが「人と超人」で「家庭は少女の牢獄で女の救貧院である」と味な皮肉をとばしている。

真実はふくんでいる。しかし、これらの言葉にサラリーマンが共鳴するとしたら、オツムがどうかしてるといわれても仕方がない。

なぜなら、サラリーマンとは、いわば〝家庭業〟なのだ。楽しい家庭を作るためにのみ彼らは昼間アクセクとはたらく。家庭を度外視してサラリーマンの人生はどこにアクセントがあるのか。サラリーマンは、家庭にコンパスの針を置いて円をえがく人生者だということを忘れてはいけない。

ジイドやショーは、そうではない。彼らの人生の目的は芸術だ。家庭は、彼らが芸術するための単なる生活の一手段にすぎない。すぐれた芸術家なら、当然家庭が芸術に従属している。サラリーマンとは人生のありかたがちがうわけだ。サギがカラスのマネをしたところではじまらない。それぞれ鳥の種類によって巣の形態も意義もちがう。

彼らは一生を賭けて芸術を創る。サラリーマンは家庭という作品をつくりあげる。人生者として何ら高下のあるはずはないから、別だん、ヒガむ必要もない。

ただ学ぶところがあるとすれば、彼らが芸術を創ることに懊悩辛苦すると同様、サラリーマンもよき家庭を創ることに、不断の努力が必要だということだ。家庭は、ノンベンダラリではよきものが出来ないということは、内村鑑三もこういう言葉でいましめている。

「完全なるホームを作るは、完全なる人を作るがごとく難し。われまず完全ならざればわがホーム完全なる理由の存するなし」

この平凡なオチに、ゲーテも味方している。

「王にせよ農夫にせよ、その家において平和を見出すものは最も幸福な人である」

停年の悲劇

老年の悲劇は、彼が老いたからでなく、彼がまだ若いところにある。

〈ワイルド〉

サラリーマンのデッド・ラインは、停年である。ワイルドの言葉をすこうしデフォルメして、停年の問題をかんがえてみよう。

筆者は、Mという冶金技師を知っている。ある大会社の最高技術者のひとりなのだが、年令はまだ五十に満たない。

先日、大阪へ来たついでに、社へ寄ってくれた。応接室のイスにすわるなり、

「こんど、会社をよすことにしたよ」

「えっ。何かあったんですか」

「なあに、円満退社さ」

と、彼は志村喬に似た、厚い口のあたりをほころばせるのである。若いころ恋愛結婚をした美しい奥さんのほか、家族はない。「女房のつぎに好きなのはアルミニユムだよ。そのつぎは、さあ、銅かな?」というくらい仕事熱心な人物で、社内の受けも悪くなく、地位も準重役待遇といったかっこうで、月収はゆうに六万円は越えていた。雷《かみなり》がきらいなことをのぞいては、人生に何の不足もない結構人なのである。

「で、どうするんです」

「そいつを今いうのは都合が悪いんだ。片づき次第、しらせるよ」

それからふた月ばかり経って、封書が舞いこんだ。あけると、便セン一枚に、科学者らしい几帳面な書体で細字が詰め書きされている。

「先日は失礼した。住所は表記のとおり大学の公舎にうつった。おそらく終生ここに住みつくことになるだろう。つまり、大学教授というやつになったわけだよ。理由はカンタン……」

かいつまんでいうとある新設の大学工学部が、教授として彼を招へイしたらしいのである。彼は現在の社をやめてそれを受けたわけだが、給料がすごくダンピングする。大学の給料は三万二千円、いわばまるまる三万円がたの暴落なのである。そうまでして転業した理由は、大学なら研究活動もできようという研究慾の発露でもないらしい。そうなら、前職の会社のほうがはるかに立派な研究設備をもっているのである。「理由はカンタン」――彼はこういう。「大学教授のほうが、停年が十年も長いからだよ」

私はなかばア然とした。彼のような高級サラリーマンですら停年は人生最大の心理的重圧だったのだ。——彼はなおも、こう書きつづける。

「定命を七十歳だと、こう仮定する。こんどの職業なら、停年は六十五歳だ。死ぬまで五年ある。その程度の短かさなら退職金で十分居食いできるし、悠々自適するにも手頃な年月だよ。とにかくこれで人生計画がほぼ完成したわけだから、気分も実にあかるくなっている。東京へきたついでには、ぜひ寄り給え」

かくて彼は、五十六歳のデッド・ラインからうける心理的重圧感を回避したわけだ。気の毒なことに彼の場合、健康にはめぐまれすぎるほど恵まれているし、仕事に対する覇気も容易に衰えそうにはない。五十六で死の線を引いて、ここで社会的活動をやめろというのは実に酷だったのである。死は、自然死だけでも荷厄介だのに、その手前に社会死まで用意されているのは、考えただけでも憂鬱だったにちがいない。日本人の平均寿命は上昇している。そのうえ食物の関係などからも精神的体力が欧米人の域に近くなり、五十台といえばいわば仕事の上での青春期ともいうべき時期になりつつあるのだ。せっかく油の乗りきった時期に黒ワク付きの社会死の辞令を突きつけられてはたまったものではない。

もうひとつ挿話がある。やはり筆者の知人だが、これは多少、停年ノイローゼともいうべき神経症にかかっていた。

彼は旧制高校いらい秀才で通した人物で、T大の経済学部を優秀な成績で出るなり、財閥系の商事会社に入った。前途を非常に嘱望されていたのだが、入社後二年もたたぬまに辞表を出して退社してしまった。

「どうしたんだ、いったい……」

訪ねてきた彼の顔をまじまじ見ながら、私は質《たず》ねた。学生時代、超現実主義ふうな詩を書いたり、かと思うと実存主義哲学に凝ったり多少奇警なところもあるにはあったが、それにしてもやることが新米サラリーマンのくせに不逞《ふてい》すぎるではないか。

「実はいやンなったんだよ、停年というやつに」

「テイネン?」

私はおどろいた。当時彼はまだ二十七歳だったのだ。

「むろん、あと三十年ばかり先のことだがね。時間的な問題よりも心理的な問題だよ。そういうものがオレの職業の将来に厳然としてあるというのが妙に神経にのしかかってね、やりきれなくなったんだ、サラリーマン稼業てのが。月給取りって、よほどタフでなくちゃ出来ないね」

「君だけだよ、そんな神経は」

で、あと、どうするんだときくと、

「停年のない商売にクラ替えするよ。一生やれる仕事にね」

しばらくして彼はある洋画団体がやっている絵画研究所に通いはじめた。画家になろうというのである。私はそのときまで知らなかったのだが、彼は非常に絵がすきで、中学の初年級のころから学業の余暇をみつけては絵をかき、大学のころは一、二回在野展に応募して入選したこともあるという。

その後数年して会ったときは、風ぼうまですっかり画家らしくなっていた。

「それで悔いないかい？」

私はきいてみた。

「悔いないね。どうせ大芸術家になれる才分があるとは思っちゃいないけど、芸術なんてのはある程度の才分さえあれば、あとは白痴《こけ》の一念で何十年かやればなんとか光ったものが出てくるものだよ。オレは天才が三十歳で傑作を生むところを、八十歳まで生きて何とか自分をモノにしてみせるつもりなんだ。ただ、貧乏なのは閉口するがね、それも考えようで、サラリーマンが停年になってアブつくころにオレたちはなにがしか恰好がついてくるんだから、食えるのはそれからだと思って意を安んじてるよ」

こういうのはむろん特異例である。

が、笑ってはしまえない。年の切れ目が縁の切れ目なのだ。重役にでもならないかぎり社会死はかならずやってくる。これだけは、来てからあわててもどうにもならない。

厭世論者でもないかぎり、人間は八十まで活動するつもりで人生を計画すべきだし、するとすれば、入社そうそう、停年後の三十年をふくめたプランをたてるにしくはない。

退職金でタバコ屋のシニセを買うとか、在職中小ガネをためて居食いするとか、ムスコに寄りかかるとか、陳腐な手はいくらもあろう。が、多少覇気のあるサラリーマンの採らぬところにちがいない。なら、死ぬまで働けるような自分を在職中から育てあげるべきだ。在職中の職種による技能が退職後に生かせるようなものなら文句はないけど、でなければ、在職中サラリーマン稼業以外の技能をえいえいと養うべきである。たいていの技能は、いくら片手間の習得でも三十年もやっておれば、立派に専門家になる。それはなるべく性格や趣味に適《あ》ったものをえらぶべきで、たとえば、園芸のすきな男がバラの品種改良を本格的にやってけっこう月給以上の収入を得ているのもあれば、書の好きな会計課員が停年後書道の先生で立派に門戸を張っているのもある。

要はサラリーマン個々が、人生に緊張感をもつかもたぬかで決まろう。毎月の月給を三百六十回ノンベンダラリと貰っただけで人生の活動期を終える人物なら、何とも申しようがないが、もし成すあろうとするならば、三十年の歳月は、十分に人間を育てうる。

商人や芸術家は、生活を賭けた緊張感をもって毎日をすごしているのだ。怠慢と安易をサラリーマンだけにゆるされた特権と思うならば、やがては社会死によって世間の下水溝に溺死体をうかべねばなるまい。

運命論が至上哲学

運命は、神の考えるものだ。人間は人間らしく働けばそれで結構だ。

〈夏目漱石〉

老いて、サラリーマンは運命論者になる。ふしぎと、いちような現象である。商人や政治家や芸術家の人生なら、実力が彼を推進するメイン・スクリューになりうることが多い。サラリーマンはそうではない。彼の人生を運転するものは「運」なのだ。サラリーマンの人生の目標が社内での出世、つまり課長や重役になることであるとすれば、最初いっせいにスタートした青年サラリーマンたちの何パーセントがそうした目標に到着できるか、まず数的にもその可能性にきびしい限界がある。

出世するには、最初に「規格」がある。学閥、親分閥、部課閥、その他の縁閥、まずその一つか、できればそのすべてを持つ必要がある。

ついで、人間のタイプだ。独立自尊型、というのはあまり香しくないようである。好かれなくてはならない。というより、可愛がられるタイプでなければならない。すこし坊ちゃん〳〵している。多少頼りないところがある。そのくせチョッピリ直情径行なところもある。仕事をやらせれば十人並には出来る。が、ときどき女にダマされたりして、どうも独りでほっとけない。そんなのに、上役というものは、つい肩入れしてしまうものだ。構《かま》ってやりたくなるのである。おれの羽搔《はが》いの中に入れなければ、アンヨが多少おぼつかないし、おれさえ指導してやれば人並以上に育つやつだ、という気を起させるタイプである。

独立自尊型は、えてしてこうではない。仕事と人生に対する自信が、まず、まんまんとツラツキに出ていて、可愛げがない。実力に対する自信があるから、実力相応に酬われないとつい不平が出る。不満は多くの場合、自分を有能の士として知遇しない上役に向って放たれる。やがて、それが聞える。よほど特異例でないかぎり、こういうなのが引立てられる例はきわめてマレだ。せいぜいよく行って地方の支店長あたりがトマリで、ついには言語動作まで野武士化し、同期の重役の無能を罵倒しつつ停年に到達するのがオチである。

以上のよき条件をすべて具えていたところで、それだけではどうにもならない。あとは運である。もし親分が死んだり、事故で左遷されたりすれば、それでフイだ。親分が隆々社の主流を占めはじめて、彼の運は開けるというもので、その命中公算の稀小さはパチンコ玉の比ではない。

だから、いつもこういう、自分の出世、不出世にかかずらわっていては、サラリーマンはつとまらない。この渡世にかぎり、運命論者でなくて暮らしおおせるものではないのである。

だから、自然、十年も同じ社におれば、好むと好まざるとにかかわらず、運命論の信者になる。二十年もつとめて、なお、不遇をカコち、おのれの努力と実力のむくわれざらんことをイキドオリ、ウナギノボリに出世してゆくかつての同僚を嫉視するなどは、下司下根《げこん》、釈迦も救いようのない亡者といえるだろう。「運」に大悟しない者は、はじめっからサラリーマンなどになるのが間違っているのである。こういう人は、キケロの言葉を朝夕唱味するがよい。――人間の一生を支配するものは運であって、知恵ではない。……

サラリーマンと格言

でも私は一体に古い格言など好みませんの。その場限りに都合のいいことを云ってるだけで、一貫して我々の生活に責任をもってくれないと思いますから……。

〈石坂洋次郎〉「若い人」より

本書は、古今のすぐれた人生者の英智と体験の結晶ともいうべき金言名句をもってそれぞれの章の柱にしている。

金言名句が、ちかごろほど好まれる時代はないという。「金言は一人の人間の機智であり万人の知恵である」とラスキンもいっている。私が畏敬する友人六月社の永井君も、その商才で機敏にこの流行をとらえた。さらに一面、彼は、商売気をはなれた、真摯《しんし》な人生の旅行者の一人としての気持から、それぞれの章に古今の名句をちょうどダイヤのように象嵌《ぞうがん》していくよう、私に助言した。私は、よろこんでそうした。本書をつくる協働者の気持に、単なる商策でないものを感じたからである。

しかし、私の気持を正直にいえば、残念だが、この章の冒頭にあげた「若い人」の橋本先生とほぼ似た考えをもっている。さんざ、金言をあげておきながら最後にこんなことをいうのは、読者をぶじょくするものだろうか。むろん、そういうつもりはない。話はこうなのだ。

それより前に、橋本先生の言葉を、もすこし紹介しておこう。

「私は科学的なものでなければ信頼する気になれませんわ。一ダース位の重宝《ちょうほう》な格言を準備して置いて、それを世渡りのいろんなポイントに使い分けして、したり顔に暮している世間のエライ人達を観ていると、気が遠くなりますわ。あんな瘡蓋《かさぶた》のような思想が社会の表面を被うている限り、我々の人生は何時まで経っても明るくも正しくもならないのだ——、貴方はそうお感じになりませんか？」

橋本先生の思想的立場をはっきりしておく必要がある。彼女は、マルキストである。それも、今日《こんにち》のそれではなく、昭和八年ごろのそれ、女子大を出て間もなくといった、当時としては尖端的なインテリ女性像というニュアンスがその思想にある。彼女は、マルクス・レーニズムによる社会科学が、人間と社会を〝整然〟と分析でき、まちがいなく救済できる唯一万能のものだとかたく信じている。徹頭徹尾、自分を社会主義的人間像に仕立てあげていく以外、生存の目標をもっていない理知的でしかも戦闘的な女性である。

当然、格言などというマヤカシの存在を憎悪するわけだ。また、問題を深部まで分析、批判せずに、そういうマヤカシだけでイナしてゆく生き方を憎悪するのである。

こういう、息の短かい、歯ギシリ噛んだ態度には、健康な生活感情は、多少の反発を感ずる。また、大ナタでたち割るように、古い格言文化に対する粗大な否定の仕方は、いろんな意味でデリカシィに富みはじめた今日のコミニストなら、もはや採らないはずだが、かといって、この橋本先生の言葉に含まれている本当なものは否定できないのである。

実弾射撃場ができたために、その沿岸で漁をやっていたAが失業する。船も売ったし、貯えもつきた。ついに親子心中を企てる。そのアワヤという修羅場に駈けこんだ友人が、刃物をとりあげ、じゅんじゅんとさとすのに「禍福ハアザナヘル縄ノゴトシだよ。ま、短気は損気だからね」では始まらないだろう。日本経済のはてしない貧困のために重税地獄がつづく。中小企業者の倒産と自殺の記事が、まいにちの新聞紙面を暗くしている。といったところでまさか、いくら今どきの大臣でも「苦ハ楽ノタネ」などと澄ましてはおれないのである。

むろん、これは、比喩が極端すぎよう。が、たいていの場合、格言ずきな人達は、ちょうど新聞記事に見出しをつけるような調子で、事態に似合った格言を抽出しのなかからぬきだしては問題の上に貼りつけ追求への努力を省略してしまう癖はないだろうか。

金言や、格言が、ある努力に対する推進力になったり、問題解明へのイトグチを作る発想の動機になったりする効用は、けっして見のがすことはできない。それでこそ、ルナールも「うまい言葉の一言は、悪い本の一冊にまさる」という格言の〝格言〟をのこしているのだし、ニーチェですら「立派な箴言《しんげん》は、文学における大いなる逆説であり、変化し行くものの中で不滅のものであり、ちょうど塩のように常に尊重されて不変の、利かなくなることのない食物である」といっているのだ。

戒心すべきことは、これらを人生に応用する態度の問題である。金言を、念仏や呪文のように自己催眠や自己弁解のために使用するとなれば、いかにすぐれた真理をふくんでいるにせよ、それは麻酔薬にすぎないのである。

不幸という喜び

私たちは、他人の不幸に堪えられるだけ十分に幸福なのである。

〈ラ・ロシュフコー〉

入社して十年もたつのに、骨柄風体がとても型どおりに受けとれないというサラリーマンは、よほどのエラ物か、環境順応の資質に致命的な欠陥のある人物にちがいない。幸いにして、十年ぶりで遭った友人S君は少年のころとは見ちがえるほどその鋳型にハマリこんでいたようである。

「女房が妙な神経をたててねえ。どうも社のアパートはいやだよ」

溜息をつくような調子で、S君はキツネに似た顔をひと言いうごとに撫でるのである。学生時代は雄弁部などを牛耳って、もすこし覇気のある男だと思っていたが、十年ぶりでみたこの様子にはどうも生彩がうすかった。ソファの端に、固い座りかたで膝をそろえながら、コーヒーをススっては、チラリと左腕の時計のほうに流し目をくれる。この男にも、かつての日には記録的な秀才を謳われたことがあったのだ。

「社のアパートって……どうして?」

「ぼくの部屋は八号室なんだがね。九号室は庶務の係長なんだよ。向いの十五号室はこんど佐世保の出張所の主任に転任するんだ」

「それがマズイのかい?」

「マズくはないんだがね。ただ、みんな、ぼくと同期の入社生なんだよ。おまけにその庶務主任の女房とぼくの女房は、女学校同期ときてる」要するに自分だけがヒラだというグチである。そしてそのヒラという冷厳な現実に関して、彼の女房が、時には軽蔑で、時には恫喝で、いかに冷く意地わるく自分に当るかということを、彼はメンメンとかきくどくのだ。十年ぶりで遭った旧友に対して、彼が話しうる話題というのはただそれだけであったようである。

喫茶店を出て、駅のホームで別れるさい、彼はふと想いだしたように口を寄せた。

「T、知ってるかい。このあいだ、路で見たよ。コジキみたいなことをしてた」

「コジキ？」

私は驚いた。そんなはずはない。先日やはり当時の同級だった男に遭ったとき、Tは豪奢な生活をしている、テレビが小さすぎるので一廻り大きいのと買い替えた、という噂をきいたばかりなのだ。

「いや、ぼくは実際に見たんだから仕様がない。何だかヘンな破れキモノを着て、一軒一軒戸口に立っているのを見たよ、お椀を持って……」

実のところ、そういう噂の意外さより、私には、SがそのTの話をしはじめたとたん、眼にイキイキとした豊かな輝きを帯びはじめたことのほうが驚きだった。

「間違いなくコジキだったよ。ぼくはあまり気の毒だから声をかけなかった」

SとTとは、学生時代から仲がよくなかった。たしか、卒業後、Sが現在つとめている会社にTも受験したが、不採用になっている。

私達はそこで別れた。小脇に二つばかり紙包みの荷物をかかえたSの姿が、満員電車に押しこまれてゆくのを見送ってから、私はSと過ごした時間の陋劣さを一刻も早く洗い流したいような気持に襲われて、付近の酒場にとびこんだ。

それから何日か経ったある日、さきにTの消息を伝えた男が、私の社に立寄って雑談して帰った。

それによると、Tもまた、Sを見たというのである。互いに気づいていながら、声をかけなかったのだ。

向うからキョトキョト歩いてくるやつがSなんだ。小ズルそうな顔をしてね。どこからみても、判で押すような、くたびれた小市民の姿なんだ。これがかつての秀才かと思って、呼びとめる元気がなくなったよ。

そう、Tがいっていたとその男は伝えたのである、となると、どう考えてもコジキのいうセリフではない。

で、一体、Tは何を商売にしてるんだ、と私はきいてみた。

「うん、ぼくもそのとき聞いて驚いたんだがね。それが大へんなもんだよ。彼はこの一年ほど前から坊主になったんだ。いや、坊主の恰好をするようになったんだ。タクハツというやつだね。あの、おハチをかかえてオーオーとウナって歩くやつ……。あれをはじめたんだよ」

「じゃ、僧籍に入ったのか」

「いや、恰好だけらしいよ。何々本山とは関係なしの自家営業だ」

「そんなタクハツってあるのかい」

「そこがTの独創らしいね」

私は、感に堪えてしまった。で、どういうイデタチになるのかときくと、最初は墨染のノーマルな服装で打って出たのだが、ちかごろは茶色のでかいコロモをきて、袖を勇ましくタクシあげて背中で結び、手甲脚絆をつけ、声も胃の腑がウメくような野太い声を出すのだという。服装を一新してから目立って成績がよくなり、以前は二十軒に一軒の喜捨があったのを、このごろでは十軒に一軒の割で鉄鉢に十円玉がころがりこむようになったそうだ。

「一体、それで、どれほどの収入になるの」

「月に七万円ぐらいというね」

「えッ、七万円！」

「お盆の月は十一万円もうかったそうだ。じつはね。この商売、さすがに内緒にしときたかったそうだが、Sの姿をみてから優越感がおさえきれなくなって、嬉しまぎれに秘密公開に及んだというのが心境らしいよ……」

第二部

二人の老サラリーマン

涙とともにパンを食べた者でなければ人生の味はわからない。

〈ゲーテ〉

私は、ときどき、あの二人の老人を想い出すことがある。たいていは、幸福な瞬間ではない。自分の才能に限界を感じた夜、職場で宮仕えの陋劣さにうちのめされた夕、あるいは、自分がこれから辿ろうとする人生の前途に、いわれない空虚さと物悲しさを覚える日など、私はきまってあの二人の老人を憶いだすのだ。

一人は、松吉淳之助という、私に最初に新聞記者の技術を教えてくれた老人である。

もうそのときは六十を越していたろう。私が最初に勤めた小さな新聞社で、彼は整理記者をしていた。整理記者をしていた、そういう云い方は、あるいはふさわしくない。戦後に簇生《そうせい》したアブクのような曖昧《あいまい》資本の新聞社に、彼からすれば人生の雨露を凌いでいたということになろうし、社からすれば卵を生まぬ鶏も一羽ぐらいはという調子で飼っていたという形容のほうが当っている。

彼はいつも、印刷インキで黒くよごれた長机の片隅で、背を丸めながらひっそり朱筆をにぎっていた。記事の見出しをつけ、紙面の大組をするのが彼の仕事なのだ。

ある日、私はその老人に呼びとめられた。

「福田君。ぼくは君のデスクじゃないけれども、この記事、やはり前文《リード》をつけるのが至当じゃろうな。それに、最後の五行がいけん。妙な主観が入っとる。あら、よしたほうがええ。こげなこと云って余計《よけい》なおせっかいととられちゃ辛いけんど」

私は、あわてて、その人が見出しを入れようとしている自分の原稿を読みくだした。なるほど、彼の忠告は当っていた。さっそく、そばにあった鉛筆をとりあげて直そうとすると、彼は、太い、鉛筆ダコのふくれあがった掌《て》で制した。

「書き直すのはいけん。この原稿はこれなりに君のほうの社会部のデスクが通したんじゃけん、このままそっとしとくべきじゃ。なア。君もぼくも秩序ってやつを守らねばならん。とくにぼくは守らねばならん。でないと、この老人にいつお暇が出るかもわからんもんな」

私は、彼の、強い近視眼鏡をかけた肉の厚い童顔を眺めた。シワが笑顔の形に深く刻まれてしじゅう笑っているような顔であった。正直なところ、この顔を記憶したのはこのときが最初だった。わずか三十名そこそこしかいない編集局のなかで、入社後一月たらずの新入記者にさえ気付かれないほど、彼は煙のように存在をひそめていたといって、彼が卑屈な匂いをもっていたとみるのは、誣告《ぶこく》である。話せばその人の体温がしみじみ伝わってくるような温かみと、時には倨傲《きょごう》とさえとれるほどの座りの大らかさをもっていた。

それが契機で、私はときどき、彼からものを聴いた。技術のことよりむしろ、大正以来の新聞街秘録というべきものである。彼は、大正二年に国民新聞に入って以来、朝日新聞、報知新聞、時事新報などを経て最後の京城日報にいたるまで、現在の社を除いても五回ばかり社歴を変えている。当時の新聞記者の生態は多くはそうしたものであったようだ。社のために働くというよりも、戦国時代の武芸者が大名の陣屋を借りて武功をたてたように、彼らは自分の才能を愛し、自分の才能を賭け、その賭け事に精髄をすりへらす努力を傾けてきたというほうが当っている。

「その新聞記者にもよ、労働基準法ちゅう有難い法律が施かれるようになったもん。つまりサラリーマン界の正規兵でなく野武士じゃった新聞記者も国家のおかげで正式の武士にとりたてられるようになったようなもんじゃ。これからはちがった型の新聞記者がふえてくるじゃろう、腕を磨くよりも出世を心掛けるような、な、な……」

彼は焼酎を片手に、半眼を心地よげに閉じながら語るのである。たいていは、私との会談は、夜八時を過ぎた編集局の片隅で行われた。当時まだ朝刊でも夕方六時ごろが締切りだったから、八時ともなれば、編集局の薄暗い電灯の下には誰もいなくなる。紙くずが層をなした床《ゆか》の上に壊れかけた椅子を置き、その上にあぐらをかきながら、彼は陶然と焼酎の酔いを愉しむのである。

「松吉さんは一体、どこに住んでいらっしゃるのですか」

「え？　知らんかったんけえ。あそこだよ」

彼はそう云って、うしろの押入れを指さした。

「あの戸をあけると、棚がある。棚から下は原稿用紙や古新聞の束が詰めこんであって、棚の上には毛布が三枚敷いてある。おれはその上で寝る」

「身寄りは？」

「そういうことは、先輩に対して訊くことじゃないな」

彼は、笑いもせず焼酎を一口湿《しめ》す。

彼は、そうした会談の中で、さまざまな新聞記者術を説いた。特種《とくだね》とはいかなるものか、どう書けばすぐれた記事になるか、おおよそ、そういう類いのものであったが、新聞記者道ともいうべき処世の在り方もその中に含まれていた。まるでその図《ず》は、山中で隠遁の老剣士に剣術をでも習うような観があった。

ただその中で、どうしても不可解なことが一つあった。

それは「大成」ということである。彼は、よくこの言葉を使った。

「新聞記者として大成するには、だな」

といった調子である。どういうことであろうか。おのれの技術を磨き、新聞記者として大成するとは、一体何に「成る」ことなのだ。社会部長になることだろうか、編集局長になることだろうか。それだとすると、毎日抜く技かれるの勝負の場にたってこれほどまでに精魂を傾け技術を磨いたところで、その行きつく先の〝大成〟というものが、たかが社会部長や編集局長では目標があまりにも卑小でみじめすぎはしないだろうか。そういう意味での出世をするつもりなら、当時、新聞記者という仕事に過度なほどの血を沸かせていた私としては、他の業種の会社へ行ったほうがマシだと思ったのである。

ついに、私は訊いてみた。

「その〝大成〟ということは、具体的にはつまり何に成ることでしょう――」

彼は、その問に、ウン?……と瞼をあげてしばらく私をみつめていたが、やがて、

「つまり現在の俺のようになることだ」

と云い切った。瞬間（あっ）と叫びたいような気持だった。彼の人生の生き方のきびしさに気付かされたのである。

私は、その人の風体をみた。垢じみた戦災者用の兵服を終日、寝る間《ま》も、皮のように着こんでいる。節くれ立った手が、タバコを口に当てるとき、かすかに震える。もう四、五年もたたぬまに、この震えは、彼に鉛筆さえ持つことを許さなくなるだろう。いやその前に老齢馘首《かくしゅ》という手が、彼の首を締めるかもしれない。どうみても、この現在の松吉淳之助は、完全な人生の落伍者であり敗残者ではないか。しかし、彼はそうとは決して受けとっていないのだ。この落寞《らくばく》たる現実の中で、平然と、さらに陶然と焼酎の滴《しずく》を舐めているのである。

「うむ。俺のようになることだ」

彼は、自分の結論を、もう一度ためすように舌の上に転がしてから、うむ、間違いはないと、強くうなずいた。

「部長や局長になろうという気持がキザシた瞬間から、もうその人物は新聞記者を廃業してると見てええ。新聞記者ちゅう職業は、純粋にいえば、鉛筆と現場と離れた形では考えられないもんじゃ。抜く抜かれる、この勝負の世界だけが新聞記者の世界じゃとおれは思う。大成とは、この世界の中で大成することであって、この世界から抜け出て重役になったところでそれはサラリーマンとしての栄達じゃが……。昔の剣術使いが技術を磨くことだけに専念して、大名になろうとか何だとかを考えなかったのとおんなじことだよ。ところが困ったことに、いかに特種を書き、いかにうまい記事を書けたところで、新聞を離れたら、この技術だけは身すぎ世すぎに何の役にたつちゅうもんじゃない。ツブシが利かん。で、老齢になって仕事が出来なくなったり、誰かと喧嘩して辞めたりすると、何をするちゅうこともない。ただ、おれの現在のようになるしか手がないんだよ。これがいわば、新聞記者としての大成だ。世間じゃ名づけて敗残者とでも云うかもしれんがね、本人さえその一生に満足すればそれでええじゃないかな」

べつに、負け惜しみや衒《てら》いという影はどこもない口調である。あっけないほど淡々と、彼はその結論を云い切るのである。

私は、それから数カ月ほどして、その社を辞して他の社に替った。客気に燃えていた私は、

「社によって守られている身分や生活権のヌルマ湯の中に躰を浸すな。いつも勝負の

精神を忘れず、社というものは自分の才能を表現するための陣借りの場だと思え」
そういう彼の言葉を信じて、まるで武術の修業者のような気持で新しい職場の仕事に向った。

こうした、自分のもつ職業態度が、ぼつぼつ滑稽にみえてきたのは、時期的には現在の社に入ってからである。私の時期というよりも、この職業の歴史が新しい時代に入りつつあったというほうが正しいだろう。それから八年経つ。時代は、この職業人の職場意識を急速にサラリーマン化していった。いまや、よきサラリーマンでないものは、よき新聞記者でないということさえ、明確に云えるのではないだろうか。松吉淳之助のような新聞記者観をいまなお信奉する新聞記者はおそらく稀だ。あったとしても同僚からドン・キホーテの愛称を捧られるぐらいがオチである。

しかし、彼の言葉には、考え方の新旧を越えた強烈な輝きというのはある。自分が選んだ人生に悔なく殉ずるというきびしさは、いつの時代でも懦夫《だふ》を愧死《きし》せしめる力がある。

その後、松吉淳之助のいた社は潰れた。私は知合いを通じていろいろその行方を探してみたが、今もってわからない。死んでさえいなければ、彼が平素云っていたとおり、どこか山の養老院で、眼尻の下った腫れぼったい瞼を相変らず心地よげに半ば閉じているはずだ。

いま一人の老記者を知ったのは、今から四年ばかり前である。高沢光蔵というのが、その人の名だった。

私は、新しい職場に異動してきた。その職場は、三十種にわたる地方版を作る部であった。

新聞製作の面で最も大きな労働量を必要とする割に、どこの社でも、一ばん映えばえのない部なのである。事実、第一線の華やかな活気のなかで寸刻の停滞もなく動いている取材各部からみれば、この部の労働は、外見からうける印象ではやや陰気な感じを受けた。薄汚れたシャツ一枚の男たちが、机の付属物のようにこびりついて、ぼう大な原稿の山に一枚一枚朱字《あかじ》を入れている。年齢も各部の平均よりはるかに高かった。ふしぎと、この部に一年もいると、表情に変化がなくなる。人間の顔が、まるでボストンバッグかなにかのように、ここに皺《しわ》がありここに凹みがあるというだけの無機物のような相貌になるのである。

私は、一年ほどのあいだその部のデスクをやらされた。そのときの相棒の一人が高沢光蔵老なのである。年は私と三十歳近くちがう。当時は彼は六十を越していたろう。むろん疾《とつ》くに停年は過ぎている。退職金をもらったあと、生活の都合上嘱託として改めて入社したのだと聞いた。

一眼みて私はその老人が好きになった。その顔をみて、ふと私は記憶の中にある一つの顔を想いだした。

戦争中蒙疆《もうきょう》にしばらくいたころの印象である。蒙古の秋は短く、九月も末ごろになると、一望見渡すかぎりの草原に枯草が蔽って、草は凄絶なほどの茶褐色を帯びはじめる。張家口の北二〇粁《キロ》ばかりの地点で、私はトラックの故障に遭った。同乗者は三人ほどしかない。運転手を協《たす》けて修理にとりかかったが、どこかの部品が折損したらしく容易に修復しないのだ。この辺は敵地に近い。いつ銃をかまえた敵兵が出現するかわからないのである。それもある。が、私を必要以上に焦燥に駈りたてたのは、この自然だった。一つは広さというものがもつ圧力、一つは、この自然が、一秒ごと冬に向って万物を死滅させつつあるという、およそ間尺の外れた強迫観念である。それは、観念のおののきというよりも、兇暴な荒野の意思を前にして、私という生物が理屈を絶して震えたというほうが当っていた。

そのとき、西のほう地平線のかなたから、一隊の人数が現われた。きわめて緩漫にこちらに向ってくるようである。私は双眼鏡を構えた。駱駝がいる。羊もいる。犬もいる。人間はほぼ百人ぐらいだろうか。東方へ数千里はるか天山南路を越えてゆく隊商なのだ。

一時間ほどしてトラックの部品を取りかえ終ったころ、一群の隊商は、われわれの車の前を悠然と通り過ぎはじめた。

私は故障車の泥よけの前に立って、その一隊を茫然と見送っていた。彼らはチラリとわれわれの方を見たが、それっきり眸を天に放って再びは見向こうとしない。

その先頭の男の顔である。隊長なのであろう、六十がらみ、いや年齢の推測もつかない風ぼうなのだ。背をかがめて悠然と駱駝に乗り、瘠せた顎を心もち空にむけて駱駝のゆれるまま漂渺《ひょうびょう》と天地の間に揺れながら東へ進んでゆく。色は黒く頬骨が突き出、深いしわが顔全体を蔽っている。眸を動かそうともしない。これはわれわれの概念の中にある「顔」というものではなかった。ながい風霜が造りあげた自然物そのもののだ。私は、その男が過ぎ去るまで、スパナをぶら下げたまま、ほれぼれと見惚れたのである。

その顔に近いものを、高沢光蔵老の顔は持っていた。あの蒙古人の顔は、荒い自然がその意思のままに造りあげたものであろうが、高沢老のばあい、永い人生の氷雪が、ついには野望も嫉妬も瞋恚《しんい》も厚い皮膚の底に押し込めて凍結し、容易に生《なま》な感情が顔面の皮膚を騒がせることのなくなった風ぼうである。

この顔に話しかけてみたい衝動に駈られた。あいさつのあと、ふと記憶にのぼったことをたずねてみた。

「高沢光蔵さんって、たしか、四、五年前の〝新聞発行人〟だったあの高沢さんじゃないですか」

「そうだす」

高沢さんは、ポツンと答えた。

新聞発行人とは、今はそういうことはしないが、八、九年前までは、どの新聞の題号の下にも「発行人ナニガシ」と刷ってあったアレである。今は、発行所—東京都千代田区何町○○新聞東京本社、振替・東京○○番というだけで発行人ダレソレという活字はない。かつてはナンノタロベエと明記されてあった。

そのナンノタロベエというのは、慣例上、実際の発行人ではない。実際の発行人なら、その社の社長もしくは社主、せいぜい主幹の名を記すべきだろうが、当時の情勢としてはそういう偉い人では困るのである。終戦前までは、新聞を締めつける魔法の輪として紙聞紙法とか軍機保護法などという法律がハバをきかせていた。この記事は不敬罪に当るといってはチョット来い、火事の写真に軍需工場の板塀がみえていたとケチをつけてはチョット来いという調子だったから、もし正式の発行人を表に出せばクビがいくつあっても足りなかったのである。つまり身代り人が必要だったのだ。その身代り人が発行人ナンノタロベエであり、高沢光蔵氏はそういう役を引受けていたのである。よほどの犠牲的精神を必要とするお役目でこれを五年もやれば戸籍謄本が真ッ赤になるという場合もあった。「前科」を書きこまれるのだ。当時は一般に「戸籍に傷がつく」ということを極度に嫌ったものだが、この首の座に上れば、そういう点では満身創痍になるという覚悟が必要だった。前科のある戸籍から出たものは、たとえば陸軍士官学校や海軍兵学校に合格することはできない。普通の場合でも時には嫁とりや婿とりに非常な困難がともなったのである。

高沢老は、新聞記者歴三十年、その最後の五年間を満身創痍役ですごし、戦後しばらくして停年で社を去った。三十年とは決して短い経歴ではない。しかし、彼の新聞記者としての三十年は、見事なほど平凡で単調だった。

「まあせいぜいハデな想い出といえば、戦時中軍人にさんざん油をしぼられる役目をつとめたぐらいのもんだっしゃろな」

そういう述懐の仕方をする。五尺そこそこの小柄な人物で、顔はぼうよう、、、としてトリトメがなく感情や心理の動きとは断絶した表情の持主のことだ。おそらく軍司令部検閲課あたりはシボリごたえは別として、シボリやすかったろうと思われる。

「ただスンマヘン〳〵というのがわしの役目であり義務だしたな」

彼はかすかに眼を細めてそうツブやくのである。かつての華やかな舞台を語る落魄の俳優の述懐といった響きが聞き様によってはあった。

「真夜中でも電話がかかってきましてな、司令部にかけつけると係の中尉がそらもう壮烈果敢に怒りよりまんねん。そいつがひとしきり怒り終ると、オコリが落ちたみたいにケロッとして、満腹のあとの猫みたいな顔をしとりましたがな」

「その猫はいま何をしてるんです？」

「もともと醤油屋のオヤジでんがな。戦後もその商売にもどって、ときどき配達の帰りなど社に寄りまんねん」

社に彼を訪ねてきて彼と往時の話などに打ち興ずるらしいのである。醤油屋のオヤジにすれば、一年志願将校として召集され軍司令部の検閲課のポジションに座ったことは、高沢光蔵老とはまた別な意味で、生涯ふたたびとは来ない栄光の日々であったにちがいない。当時の敵同士が、いまは友となって、それぞれ華やかであった往昔《おうせき》を語りあうのである。

記者歴三十年と書いたが、この人が第一線の取材記者をしたのははじめの二年間ぐらいであとは、校閲、調査、整理などいわば新聞製作の蔭の人といった第二線の役割ばかりを廻った。

それにはそれ相当の彼らしい理屈があった。最初の二年間の経験で、自分が取材記者として適材でないということを、すっぱり見切ってしまったのだ。

「煮つめた云い方をすれば、新聞記者とは勝負師だす。勝負の鬼にならんけれゃええ記者とはいえまへん。わしゃ若いころ早稲田にいたが、どうもあの早慶戦というやつがわからんかった。つまりなぜああみんなが熱狂するのか今でもわからん。いうたら、勝負の音痴だんな。こんな男に新聞記者が勤まるはずがない。それですっぱり廃《や》めてしもた」

社を辞めたのではなく、蔭の仕事へ廻ったのだ。

「人間、おのれのペースを悟ることが肝心や」

この人の人生観である。名記者になるやつはなるやつの、出世するやつは出世するやつのペースというものがもともとある。ところがオレはそのどちらでもない。オレはオレらしく実直な腰弁の人生を歩こうと覚悟したというのである。

「ペースを悟ったら、崩さず惑わず一生守りきることが大事でんな」

その通り彼は一生を実行した。ただ晩年になって校閲部長というものを一度やった。おそらく社のお情け人事であったのかもしれない。しかし彼は固辞した。

「晩節を汚す」

それが理由である。伝えた重役も面食ったにちがいない。再三奨めると、

「とにかく部長と云や、行政官だっしゃろ。部下の人事、心理の掌握や、各部との折れ合い、重役との折衝、いちいち気の遠くなる話や。わしはわしのことをやるので精一ぱいやから断らして貰います」

ついに、三顧の礼？　に耐えかねて引受けたが、一年ののち、泣くようにして願い下げにしてもらった。

私がこの人と同じ職場になったのは、この人が停年で辞めたのち嘱託として帰り新参になってからである。退職金は、息子夫婦の新居の建築費に全部充て、残った老夫婦の食い扶持のために〝新入社員〟として改めて入社させてくれと頼んだのである。

月給は新卒業生なみで云うに足りない。

「働かな食えんちゅうことは、わしの長命法みたいなもんや」

黙々として働いた。当時の部長は、彼よりも後輩で、むかし彼の部下だったこともある。剛腹なたちだっただけに「あんたのような老兵を抱えていては部の能率にかかわる」と面と向って彼にあてこすった。彼はその刺《とげ》を無感動な表情で平然と受け止めていた。ときどき私に囁くように云った。

「これがわしのペースやもんな」

ここまでくればじつに痛快淋漓《つうかいりんり》ともいうべき心境であった。彼はもはや、俗間にいて神仙の境地に立ち到っていたようである。

ついに私は勇を鼓して、それでもあなたは自分をみじめだと思わないのか、ときいてみた。その非礼な質問を、彼は例の無感動な表情で受けとめて、云ったのである。

「どうとも思わん。わしはわしの人生は成功やったと思うている」

つまり、自分のペースを悟り、そのペースの上に過不足なく自分なりに構築した人生に悔のあろうはずがない。それをやりとげ、かつ、今も実行しつつあるという意味で成功であったというのである。

ただそのあとで、ぼそりと云った。

「こんな男、女房には好かれんかもしれんがな」

それから半年ほどして彼は社を辞めた。社の経営合理化のためにそうした嘱託社員の雇傭《こよう》の打切りが行われたのだ。

私はうかつにもそれを知らなかった。朝出勤してみると、いつも職場の誰よりも早く来る彼がいない。病欠だろうかと思って部の庶務をしている女の子にきいてみると、

「お辞めになりました」

当然私は驚いた。最後の同僚だった私にさえ、彼は一言もいわずに去った。退社には当然餞別とか送別会とかの職場の慣例もある。まして三十年の社員なのだ。

「しかし、そういうことは一切断るといっておられました。皆さんに最後のあいさつもしたいけど、どうせ前に一度辞めた身だし、面倒くさくもあるから、よろしく云っていたとだけ伝えてくれということでした」

なんと、彼らしい見事な退き際であるかと、声を喫《の》む思いであった。最後の幕まで

彼はその人生の演出法を崩さなかったのである。

「ここに一匹の小虫がいる。これをひねりつぶしたところで、誰も気づかず、世界のどこにもいかなる小波紋も起らない。そういう小虫であることが私の人生の理想だ」

かつて、そう彼がつぶやいていたことを私は想い出す。彼はその理想のように、一匹の小虫のごとく消えたのだ。

去年の夏、大阪の南郊に社用があった。難波の高島屋の前で信号を待っていたとき、私の車の前を通りぬけてゆく老人がある。あっ高沢老――と大声で呼びとめたが聞こえなかったのかそのまま彼の姿は人混みの中へ消え、一瞬信号が変って車はその場所を離れた。それっきり、現在まで彼の姿も見ず、消息も聞かない。

ただ一瞬の瞥見《べっけん》にすぎなかったが、彼は心もち顎を上にむけ、綿を踏むような特有の歩き方で私の視野を横切った。私の網膜に、悟徹の相ともいえる彼の表情だけが残った。何の目的で、どういう考えを抱いて、彼は人混みの中を北から南へ去ったのか、むろん私にはわからない。さらにいえば、彼の人生は一体何のためにあったのかということさえ、若い私にはわからなかった。ただそのとき、私の記憶の幕の上に、痛いほどの鮮やかさをもって、かつての日、蒙古の草原で見た隊商の長老の顔が映し出されたのである。

あるサラリーマン記者

私は、新聞記者（産業経済新聞社）である。職歴はほぼ十年。その間に、社を三つ変り取材の狩場を六つばかり遍歴した。

むろん最初の数年間は、いつかは居ながらにして天下の帰趨を断じうる「大記者」になってやろうと、夢中ですごした。まったく青春をザラ紙の中で磨り減らした観さえあった。しかし、コト、ココロザシとちがって、駈出し時代の何年かはアプレ記者と蔑称され、やや長じたこんにち、事もあろうにサラリーマン記者（！）とさげすまれるにいたっている。私だけではない。この世代は、いちようにこうなのだ。社にしてみれば、ニワトリのタマゴだとばかり思っていたアプレ記者が、いざ孵化《かえ》ってみると、ノコノコ亀が出てきたというほどのオドロキである。いわば時代の推運というものだろう。当人は、さほど気にはしていない。ばかりか、それこそ、今後の正しい新聞記者のあり方だと思っている。

昭和二十年の暮、私はスリ切れた復員外套《がいとう》のポケットに手を入れて、大阪の鶴橋から今里の方向にむかって進んでいた。目的はたしか、わずかな復員手当の中から、靴を購《もと》めたいと闇市を物色して歩いていたのだ。めっぽう、ハラが減っていたのを覚えている。屋台をのぞいて、ふた切ればかり、焼イモを買いもとめ、一切れを二分ばかりで嚥下した。そして靴である。平和になったことを体認する上からでも、ちゃんとした紳士靴がほしかった。底のやぶけた戦車用の長靴ではどうにもならないのである。しかるのち、就職という段どりに進もうと、周到な腹づもりを立てつつ、私は闇市を進軍していた。

今里の闇市をひとまわり物色してから、猪飼野《いかいの》闇市の方角に転針しようとしたはずみに、私は一本の焼け電柱に気づいた。いや、電柱にではなく、その電柱に貼ってあるビラにである。墨痕リンリといいたかったが、幾日かの風雨に洗われ、墨も紙もおおかた剥落していた。

しかし、注目すべき二字は歴然とカタチを残していた。「募集」という文字なのである。私はその上の文字が何であるか、鋳物工であるか、旋盤工であるか、たんねんに掌《て》と眼で探ぐった。そのとき、私の肩ごしに顔をのぞかして、とつじょ、声を発した男がある。

「記者募集——」

驚いてふりむくと、冬も近いというのに、海軍士官の夏服を着こんでいる。一眼みて、私と同じ復員学生とみてとれた。

彼はニコニコと話しかけるのだ。

「君は陸軍か」

そうだ、と私は答えつつも、その見知らぬ人懐っこい笑顔には戸惑ってしまった。

「これはどうだ。新聞記者とは面白そうじゃないか。どうせ君もルンペンだろう? 行ってみよう——」

男はすたすた先に立って歩きだした。私はあわててその跡を追った。みちみち聞くと、ついこの間まで、沖縄の空中戦に参加していたという。道理で、動作のはしばしに、ナタで割ったような粗《あら》さがある。男は、途中で露店の朝鮮人からアメを買って、一つを私にあたえた。途方もなく足早やな男で、私は数歩あとから小走りで追いすがりながら、

「何という名なんだい、君は」

「あ、オレの名か。Oというんだ」

その新聞社はすぐ見つかった。猪飼野のゴム製造業者街のなかに、地下タビの匂いにまじって、その新聞社はあった。木造二階建、輪転機もちゃんとある。社名は聞いたこともない名だったが、まぎれもなく「日刊」と銘がふってあった。

「きのう今日出来の新聞社らしいが、こんなのでなきゃ、オレたちを入れてくれないからね」

Oはふりかえって苦笑しながら、ズンズン輪転機のあいだを通りぬけ、木製の階段をみつけて、どかどかあがった。

「編集局はどこです？」

「ここがそうです。あなた方は？　あ、外来者。困るわ、受付を通して下さらなき

ゃ」

女の子が出てきて、露骨にウロン臭さそうな眼でわれわれの風体をみた。私は、せめて靴だけは買ってから現われるべきであったと思った。

「編集局長さんに会いたいんだが」

「ご用は？」

「就職だ」

戦闘機乗りは、キッパリ宣言した。その語気に圧されて、女の子は一たん引込んだが、やがて出てきて、

「だめなんです。記者募集は一月《ひとつき》も前に締切って、半月も前に採用がきまったんですって」

「困るじゃないか、そんなこと。ぼくたちはちゃんと電柱の募集広告を見てやってきてるんですよ。それ、編集局長の返答じゃないだろ？　まだ取次いでないんだろ？　さ、頼むよ早く」

Oは、女の子をアヤすように追い立てた。待つうちに三たび現われ、こんどは「ど

うぞ」と局長室に案内してくれた。

「聴いたよ、いきさつは。まるで就職強要だね」

クルリと回転イスを捻《ひね》ってこちらをむいた局長は、噴きだしたくなるほど背の低い老人だった。新聞社の編集局長という人種をみたのは、これが最初であった。しかし、この場は、それが最初というのは絶対の禁句だった。なぜなら、その局長は、ノッケからピシャリとこう宣告したのである。

「ここは経験者でないとダメだぜ。大きな社みたいに養成してる間《ま》はないんだから」

ところが、Oは動ずる気配もなく、平然と云い放った。

「もっともです。ぼくたちは、どちらも戦前二年の経験をもっています」

出まかせである。その心臓も並大ていなものではなかったが、それを調べもせず唯々諾々と呑みこんだ局長の度量も相当なものであった。いずれ、乱世ならではのカネアイであったろうか。

「じゃ、テストをしよう。この題で、百行ばかり記事を書いてみなさい」

局長は、ドサリと原稿用紙の束をわれわれにほうりだした。あとは、ムニャムニャゴチャゴチャとお茶をニゴすうちに、まアよかろう、明日から出社しなさいと相成ったのである。

この社の社会部（ちゃんとそういうものがあった）に私は五カ月ばかりいた。ロクにありついて私の風体もすこしはマシになったが、Oときたら入社一カ月目ぐらいから截りたてのアメリカ服地をリュウと一着に及んで当るべからざる勢いであった。内幕は、しごく簡単明快である。ヤロウめ、ヤミをやっていたのだ。いっては大げさだがカラクリはまことに単純なもので、社の付近に地下タビを作る朝鮮人が群棲している。Oは大津の石山から通っていた。石山のお百姓から買った米を猪飼野の朝鮮人諸氏に売り、さらに彼らからは地下タビを買って石山のお百姓に売るのである。才覚といえばただそれだけの才覚だが、そのおかげで天涯孤独の彼が、家を借りチャブ台を買いタンスを買い、ついに後年ヨメを迎えるにいたる財政基礎？　を確立するにおよぶのである。それはまあいい。ただ当時、そのヤミが問題になったのである。サムライの風上に置けぬと、まず社会部長がリキんだのだ。今はどの社にもそういう蒼古たる記者気質をもった人はマレになったが、当時新興の群小紙には、既成紙を停年で辞めたりした老記者が流れこんでいて、当時ですらすでになくなりつつあった士気凜烈な部長が多かった。

「ヤミはいいとして、新聞記者たるものが金をもうけるとは何事であるか。赤貧こそ新聞記者の友であるべきである。一瓢《いっぴょう》ノ飲《いん》、一箪《いったん》ノ食《し》、楽しみは自《おのず》らそこにある。そこから仕事へのきびしさも生れる。金をもうけたければ、商人になればええ」

ガンと、Oをよびつけて食らわせたものである。Oは憤然とした。

「いいじゃないですか。僕には僕の生活の流儀がある。仕事さえちゃんとやってればあとは私生活だ。とやかく云われるスジはない。そんなケチな了見の社なら即刻やめさせてもらいます」

Oは辞表を書いて飛び出してしまった。私はOへも多少の云い分はあったが、一緒に入ったいきさつ上、何となく義に殉じねば悪いような気がして、トロッコ二台連結のまま辞めてしまったのである。

「どうする？」

またルンペンに逆もどりかと、さすがに私もうんざりしていた。

「まあ、まかしておけ。成算はある」

ことばどおり、Oは、どこで手蔓をもとめたのか、京都の新興新聞に頼みこみ、臨時に採用試験をしてもらって、無事二人とももぐりこめた。


以上が、私が〝サラリーマン〟へスタートしたころのおおむねの経緯である。

私はここで丸一年いた。朝刊紙とはいえ、編集局に記者が十五人しかいないという、家内工業的な新聞社である。それでも、部数五万を刷っていたから、今日の地方紙からすればさして卑下したものでもない。もっとも、刷り出す五万部のすべてが、読むために買われていたかどうかは保証の限りではないのだ。当時ときたら、極端な紙キンで、読者からすれば新聞なんぞは活字よりも紙としての価値のほうがより重大事であった。愛読者というよりは愛用者として、包装紙かオトシ紙としての効用を重んずる風が強かったようである。

だから、どんな紙面を作っても売れた。シカラバというわけで十五人のサムライどもは、売るを度外視し（というほどでもないが）思うさま理想的な紙面をこしらえようと大いにリキミ返ったわけである。

ところが、そういう十五個のチカラコブを憫笑する英傑がいた。

「リソウは、大いにええ。しかし、好漢、オシムラクハ、今日《こんにち》の新聞を知らんな」

そう思ったかどうかは別として、彼は、世界の新聞史上始まって以来のすばらしい着想を考えついたのである。

「新聞は、読者が慾するところに従って作るべきである」

着想には、そういう大前提がある。

「今日《こんにち》の読者の慾するところは何か。活字で汚れた新聞よりも、活字のない真ッ白な新聞紙ではないか。だからである。こいつをヨコナガシにすれば、これすなわち……」

というわけで、ヒソカに、その珍無類の新聞をヤミルートに乗せて売った。なにしろ当時のヤミ相場では、刷られた新聞よりも刷られざる新聞紙のほうが四割ばかり高い。これでもうからなければフシギである。

しかし、好事魔多しである。たまたま重役間で、これとは別に、勢力争いのトラブルが起った。そしてその一方の旗色がわるくなった。悲鳴をあげた旗色わる派が、モハヤコレマデとばかり、当時、新聞用紙の配給権をニギっていた日本新聞協会事務局へ「オソレながら」と例の用紙横流しのヒミツを訴え出たのである。

当然、用紙の配給は止まった。紙がなければ新聞は刷れぬ。あわれ、十五個のチカラコブなどは、小スズメのごとく霧散してしまったのである。

それでも、若い十五人の記者たちは、なおも望みを捨てなかった。

「なんとか新聞を出そう」

ない智恵をシボった結果、これは新聞協会の同情にスガるよりほかにない、われわれ従業員が陳情にゆけばどうだろうというわけで、当時従業員組合の何かの委員をしていた私とOほか数名が東上することになった。

残留組が、京極裏のカストリ酒場で壮行会をしてくれた。

「ガンバレ。頼んだぜ」

まるで試合に出てゆく野球部員でも送るようなフンイ気である。十五人の記者の平均年令は、まだ二十七、八歳というところだったろう。陳情すれば何とかなるだろうと、天真爛漫なものであった。

とにかく、東京の協会事務局におけるOの陳情ぶりは抜群であった。私はただ、Oの背中の陰から、Oが頭を下げるたびにペコペコ頭を下げていればよかったのである。

「横流しも内紛も、重役がやったことです。ところがそのために紙の配給停止になれば、被害をうけるのはわれわれ罪のない従業員なんです。新聞をもたない新聞記者なんてコッケイじゃないですか。われわれは一枚でもいいから新聞を出したい……」

Oらの嘆願も、理事や事務局長らの固い表情を解くことができなかった。

「何しろ、あたし達がウンといったところで、新聞協会の上には総司令部の新聞課の眼が光ってますからね。彼らがこの事件を知ってる以上、どうにもなりやしませんよ」

ケンもホロロであった。

「では、総司令部に陳情にいくか」

そういう意見も出て、京都の残留組にも相談の電話をかけたが、ほとんどがキッパり反対した。

「いくら何でも、日本の新聞が外国人に向って新聞を出させてくれとは云えん。それならいっそ、廃刊したほうがマシや」

まことに若いとはいえ、その新聞記者根性たるや軒昂たるものであった。当時、日本の官庁、企業体、大学など、あらゆる団体が総司令部に結びつくことを無上の光栄としていたころである。

意気軒昂はよかったが、社のほうは日ならずしてポシャってしまった。

さいわい、十五個のチカラコブの大部分はそれぞれの既成紙に引取られた。当時はまだ新聞界にそういう慣習と余裕が残っていたのだ。働けそうな他社の記者を引抜くという採用制度と不可抗力な理由で失職した記者を拾いあげるという美習である。

今ならそうはいかない。採用は、毎年新卒者に対して行う入社試験一本槍である。その入社生をその社の組織と体質に適うように規格化する。実力はあっても、その社の秩序のよき部品となりえない記者は、無用の産物という時代なのだ。時代は、新聞記者に対して良き意味でのサラリーマン記者たるよう要請している。野武士記者あがりの私なども、昭和二十三年春現在の社に入って以来、記者修業よりもむしろその点にアタマを痛めることが多かった。しかし、スジメ卑しき野武士あがりの悲しさ、どうも無意味な叛骨がもたげてくる。そいつを抑えるのに苦しみ、苦しんだあげく、宮仕えとは、サラリーマンとは一体何であろうかと考えることが多くなった。その苦しみのアブラ汗が本書であるといえばいえるのである。

「司馬遼太郎」誕生のころ

上村洋行

大阪万博が開かれた昭和四十五（一九七〇）年前後、司馬遼太郎が『坂の上の雲』の連載をはじめていたころ、私は駆け出しの新聞記者だった。いつものように司馬遼太郎と茶の間で雑談していると、「ペンネームというのは虚名だ」と話しはじめた。「司馬遼太郎という名前でする仕事は小説を書くこと、あるいはそれに関連することしかない。虚名で何かの役職についたり執筆活動以外のことをしたりはしない方がいい、と思っている」

一瞬、「虚名」というその言葉が静止したかのような感覚をおぼえた。だが、話はそのまま進み、いつもの茶の間話として続いていった。この一瞬の静止でそれまでの義兄としての認識から作家、司馬遼太郎を強く意識した。

普段、家の中では、作品のことや作家としての考え方などについてほとんど語ったことはないし、私も質問をしなかった。だから筆名の話が思いがけず、一瞬の静止が起きたのだろうか。

司馬遼太郎が平成八（一九九六）年二月十二日、七十二歳で亡くなったとき、やはり感動したからなのだ、とあの瞬間のことを確かめるように思いだしたことを覚えている。

司馬遼太郎という名前は筆名で本名は福田定一である。当然ながら『竜馬がゆく』『坂の上の雲』『街道をゆく』『この国のかたち』といった作品群は司馬遼太郎名で執筆した。

本名で書いたものも短編を含めて数多くあるが、作家の道を選んでからは、本名の作品は過去のものになっていった。

この『ビジネスエリートの新論語』はその本名から筆名の作品に変わる節目の年に出版された。昭和三十（一九五五）年、司馬遼太郎三十二歳、新聞社の文化部記者の時代である。

当初の題名は『名言随筆サラリーマン』で、設立間もない大阪の出版社、六月社から同じ年の九月に出している。平成十三（二〇〇一）年、司馬遼太郎記念館（東大阪市）が開館したとき、地下から三層吹き抜けの大書架空間に司馬作品を収納することにし、この本を一番目の棚に展示した。今も同じ位置にある。オレンジ色と黒の二色刷りの表紙が印象深い。

その後、『坂の上の雲』の連載が終わる昭和四十七（一九七二）年に新装版でタイトルも新しく『ビジネスエリートの新論語』として世に出た。このときの筆者名はまだ本名で、奥付に筆名は司馬遼太郎である旨が表記されている。今回の題名の原形である。

『名言随筆サラリーマン』の出版から二か月後の十一月には司馬遼太郎名で講談倶楽部賞に応募した「ペルシャの幻術師」（『司馬遼太郎短篇全集』収録）を二晩で書きあげ、締め切り直前に投函している。筆名はこの年の夏にも使って短編を書いているものの、翌年の三月に講談倶楽部賞が発表され、五月号で作品が掲載されてはじめて筆名が公になったといっていい。

このころ、新聞記者時代の司馬遼太郎が執筆していたのは浄土真宗本願寺派（西本願寺）の「ブディスト・マガジン」（のち「大乗」と改題）や「信仰」、真宗大谷派（東本願寺）の「同朋」、そして未生流の月刊誌「未生」といった仏教や華道関係の冊子だった。これは京都での記者時代が影響している。

京都には東西本願寺を拠点に全国唯一の宗教の記者クラブがある。司馬遼太郎はこの宗教担当と、もうひとつ京都大学にある記者クラブの大学担当でもあったからだ。

宗教界の動きを取材することについて、昭和二十八（一九五三）年の「信仰」に書いた「〝門前の小僧〟五年」の中でこう書いている。

大ていの宗教記者は、という書き出しに続けて、宗教界の実態がわかってくると仏教が内蔵する哲学的なもの、芸術的なもの、巨大な歴史に気付くが、と述べつつ〈もつと直かに觸れてくるのは、教團の歴史と環境が生んだ「人間」である〉という。

その「人間」とは〈とくに素晴しい人をセレクトしてこういうのではない。ごく當り前の宗務員、平凡な田舎のご院主を指しているのだ〉と補足している。

この人々とのふれあいの時期は司馬遼太郎の骨格の一つの柱になったはずだ。また、大学の記者クラブに属したころは、物理学の湯川秀樹、フランス文学の桑原武夫、中国史学の貝塚茂樹、中国文学の吉川幸次郎……といった碩学がいた。司馬遼太郎より十歳も二十歳も年上の学者とこの記者クラブ時代がきっかけで、作家になってから親交を交わし、「対談」などを通じて語り合ったことも、思考の広がりに役立ったにちがいない。

司馬遼太郎が作家になることを意識したのは、新聞記者になってからだ。茶の間話で「漠然とながら三十歳をすぎたら小説を書こうという気持ちがどこか自身の片隅に浮かび上がった」という意味のことを話してくれた。事実、記録を調べると昭和二十五（一九五〇）年ころから、「ブディスト・マガジン」「同朋」などの冊子に短編小説をいくつか書いている。「わが生涯は夜光貝の光と共に」「勝村権兵衛のこと」「饅頭伝来記」などで『司馬遼太郎短篇全集』（文藝春秋刊）に収録されている。

司馬遼太郎はときおりの短編を書きつつ本名から筆名に変わる昭和三十年を迎えた。当時、小学六年生だった私自身もその背景の中にいる。

司馬遼太郎と妻である私の姉、福田みどりは同じ新聞社の同僚記者で結婚を前提に付き合っており、わが家によく遊びに来た。

「絵を描いたろか」と言われ、何だかとても嬉しい気分になってクレパスを取り、二階の姉の部屋に駆け込んだ。目の前で三十分ほどで描いてくれてその絵を渡された。

司馬遼太郎記念館でときおり展示する、私が名付けた「一枚の絵」である。

夜明け間近の丘陵にすっくと立つ一本の大樹。月明りがその半面を照らしている。月光に照り映える大樹は黄色と朱色を使い、暗部は緑の濃淡と灰色に黒、背景の空や丘陵も複雑に色を重ね、点描の手法を使って表現している。

絵を描くことは好きで取材ノートなどにも目に付いた家並み、人物などのスケッチをメモ代わりに描いているのが目立つ。エッセイ全集『司馬遼太郎が考えたこと』（新潮社刊）の表紙にも自らの絵が使われている。

「一枚の絵」は飾らず引き出しに入れておいた。折りにつけ見てはいたが額から出したことはなかった。司馬遼太郎が亡くなったあと直に見たいと思い絵を取り出して驚いた。裏面に司馬遼太郎の自筆文字が書かれていた。

「暁闇に立つ一本の孤峭な樹を描きました。人生へのきびしい覚悟としたかったのです。　昭和三十年十一月十四日　定一」

文章が書かれていたことを知らなかった、というか、全く忘れてしまっていた。なんと署名の日付は「ペルシャの幻術師」の応募原稿を出したあとか、出そうとしていたころではないか。締め切りの半月前である。

私に絵を描いてくれたと同時に作家への道を進む覚悟のメッセージを託してくれたことになる。姉と顔を見合わせた。

その「覚悟」は、多くの直木賞作家を輩出した同人誌「近代説話」の発刊につながっていく。「近代説話」は友人だった作家、寺内大吉氏といっしょに文学の愛好家の集まりではなく、プロとして成り立つ作品を発表する場にすることを確認しあって翌年の昭和三十一年に設立された。

会費はとらない、例会はしない、同人同士は発表作品について批評しあわない、といった約束事は、それまでの同人誌の概念を打ち破るものだった。二人のほか黒岩重吾、永井路子、伊藤桂一、胡桃沢耕史、辻井喬……錚々たる作家が参加した。

「ペルシャの幻術師」の執筆の前、『名言随筆サラリーマン』のころから同人誌の話は二人の間で交わされていた。この時期の司馬遼太郎は小説をどう書けばいいのか、どんな文体がよいかなどをかなり考えていたにちがいない。新聞記者の文体からどうすれば抜けられるか。

独自の文体を持たない司馬遼太郎はそのころを振り返って、漢文はよく読んでいる方だ、ならば、漢文まがいではなく漢文の匂いのする文章をかけばいい、と思ったそうだ。のち『梟の城』で直木賞をとったころ、司馬遼太郎を強く推された海音寺潮五郎氏が「司馬君はあの文体をどこで得たんでしょう」と寺内氏に話されたという。

司馬遼太郎名が決まった瞬間のその情景を覚えている。私どもの家で司馬遼太郎、それに姉と母と雑談の最中だった。かたわらに私がいた。私どもの母親は小説好きで文学少女の時期があった。後年、大阪のおばちゃん的要素が加わって、独特のユーモア精神を兼ね備えた。そのあたりが、司馬遼太郎と通じあったのか、うまがあった。

この日も笑いの絶えない会話の中で、自身の筆名について母に相談している。『史記』を愛読し司馬遷からとった姓の「司馬」はすでに決めていた。名前はいくつかの候補があったという同僚もいたが、私が聞いたのは「遼」一文字か「遼太郎」のいずれにするか、であった。「遼」は司馬遷にはるかに及ばず、という意味だという。「遼太郎が落ち着くね」と母が言った一言で姉もうなずき「司馬遼太郎」が生まれた。その瞬間を畳の間での光景とともに覚えている。

司馬作品が世に出はじめることになる。

「近代説話」の創刊号は昭和三十二年五月に発刊された。司馬遼太郎の名前で「戈壁《ゴビ》の匈奴」(『司馬遼太郎短篇全集』収録)を投稿している。昭和三十三年四月には京都の宗教紙「中外日報」に『梟のいる都城』を連載開始した。この小説は『梟の城』(新潮文庫、春陽文庫)と改題し、三十五年一月、直木賞を受賞、以後、小説家を専業とした。

本名と筆名。この二つの名前が、こと執筆に関してはこの時点で分岐したことになる。同時に本名の作品については改めて本として出版しない方がいい、と考えていた。没後、私もその考えを守ることにし、『ビジネスエリートの新論語』もそのつもりでいた。それを改めたのは、この作品が司馬遼太郎の誕生の直前であったこと、かねがねその文章のなかに小説家の覚悟の片鱗を感じていたこともあった。

それに、約六十年という時代の流れがある。この間、世相や価値観、とくに昨今はその変化が速いのではないか。私自身がそのように感じていることも影響した。ビジネスマンだけに限らず、広く人としての生き方を考える助言のようなものにこの文章がなりはしないか。今を生きる我々が少し忘れさった、あるいは希薄化してしまった大事なことを司馬遼太郎の文章から受けとってもらえないか、という思いもあった。

ともあれ、「もはや戦後ではない」と言われ高度経済成長がはじまろうとした時代、人々が前を向き、サラリーマン社会が活力を持ちはじめたころの、福田定一（司馬遼太郎）がとらえたさまざまな事象から発するメッセージとともに、小説家の素のようなものを、この本から嗅ぎ取ってもらえないだろうか。

（うえむら・ようこう＝公益財団法人・司馬遼太郎記念財団理事長
／司馬遼太郎記念館々長）

司馬遼太郎（しば りょうたろう）

大正12（1923）年、大阪市に生れる。大阪外国語学校蒙古語部卒業。昭和35年、『梟の城』で第42回直木賞受賞。41年、『竜馬がゆく』『国盗り物語』で菊池寛賞受賞。47年、『世に棲む日日』を中心にした作家活動で吉川英治文学賞受賞。51年、日本芸術院恩賜賞受賞。56年、日本芸術院会員。57年、『ひとびとの跫音』で読売文学賞受賞。58年、「歴史小説の革新」についての功績で朝日賞受賞。59年、『街道をゆく〝南蛮のみちⅠ〟』で日本文学大賞受賞。62年、『ロシアについて』で読売文学賞受賞。63年、『韃靼疾風録』で大佛次郎賞受賞。平成3年、文化功労者。平成5年、文化勲章受章。著書に『司馬遼太郎全集』『司馬遼太郎短篇全集』（共に文藝春秋）ほか多数がある。平成8（1996）年没。

文春新書

1110

ビジネスエリートの新論語《しんろんご》

2016年（平成28年）12月10日　第1刷発行

著　者　司馬遼太郎
発行者　木俣正剛
発行所　株式会社　文藝春秋
〒102-8008　東京都千代田区紀尾井町3-23
電話（03）3265-1211（代表）

印刷所　理想社
付物印刷　大日本印刷
製本所　大口製本

定価はカバーに表示してあります。
万一、落丁・乱丁の場合は小社製作部宛お送り下さい。
送料小社負担でお取替え致します。

Printed in Japan
ISBN978-4-16-661110-2

◆日本の歴史

昭和天皇の履歴書　文春新書編集部編
零戦と戦艦大和　半藤一利・秦 郁彦・前間孝則・鎌田伸一・戸髙一成・江畑謙介・兵頭二十八・福田和也・清水政彦
ハル・ノートを書いた男　須藤眞志
東京裁判を正しく読む　牛村 圭・日暮吉延
東京裁判 フランス人判事の無罪論　大岡優一郎
対談 昭和史発掘　松本清張
父が子に教える昭和史　半藤一利・藤原正彦・中西輝政・柳田邦男・福田和也・保阪正康他
昭和の遺書　梯 久美子
帝国陸軍の栄光と転落　別宮暖朗
帝国海軍の勝利と滅亡　別宮暖朗
指揮官の決断　早坂 隆
松井石根と南京事件の真実　早坂 隆
永田鉄山 昭和陸軍「運命の男」　早坂 隆
硫黄島 栗林中将の最期　梯 久美子
十七歳の硫黄島　秋草鶴次
評伝 若泉敬　森田吉彦
司馬遼太郎に日本人を学ぶ　森 史朗
「坂の上の雲」100人の名言　東谷 暁

徹底検証 日清・日露戦争　半藤一利・秦 郁彦・原 剛・松本健一・戸髙一成
よみがえる昭和天皇　辺見じゅん・保阪正康
日本型リーダーはなぜ失敗するのか　半藤一利
同時代も歴史である 一九七九年問題　坪内祐三
原発と原爆　有馬哲夫
児玉誉士夫 巨魁の昭和史　有馬哲夫
伊勢神宮と天皇の謎　武澤秀一
国境の日本史　武光 誠
西郷隆盛の首を発見した男　大野敏明
「昭和天皇実録」の謎を解く　半藤一利・保阪正康・御厨 貴・磯田道史
孫子が指揮する太平洋戦争　前原清隆
昭和史の論点　坂本多加雄・秦 郁彦・半藤一利・保阪正康
二十世紀 日本の戦争　阿川弘之・猪瀬直樹・中西輝政・秦 郁彦・福田和也
大人のための昭和史入門　半藤一利・船橋洋一・出口治明・水野和夫・佐藤 優・保阪正康他
日本人の歴史観　岡崎久彦・北岡伸一・坂本多加雄
新選組 粛清の組織論　菊地 明

「司馬遼太郎記念館」への招待

司馬遼太郎記念館は自宅と隣接地に建てられた安藤忠雄氏設計の建物で構成されている。広さは、約2300平方メートル。2001年11月に開館した。

数々の作品が生まれた自宅の書斎、四季の変化を見せる雑木林風の自宅の庭、高さ11メートル、地下1階から地上2階までの三層吹き抜けの壁面に、資料本や自著本など2万余冊が収納されている大書架、……などから一人の作家の精神を感じ取っていただく構成になっている。展示中心の見る記念館というより、感じる記念館ということを意図した。この空間で、わずかでもいい、ゆとりの時間をもっていただき、来館者ご自身が思い思いにしばし考える時間をもっていただきたい、という願いを込めている。（館長　上村洋行）

利用案内

所在地　大阪府東大阪市下小阪3丁目11番18号　〒577-0803
TEL　06-6726-3860，06-6726-3859（友の会）
HP　http://www.shibazaidan.or.jp
開館時間　10:00～17:00（入館受付は16:30まで）
休館日　毎週月曜日（祝日・振替休日の場合は翌日が休館）
特別資料整理期間（9/1～10）、年末・年始（12/28～1/4）
※その他臨時に休館することがあります。

入館料

	一般	団体
大人	500円	400円
高・中学生	300円	240円
小学生	200円	160円

※団体は20名以上
※障害者手帳を持参の方は無料

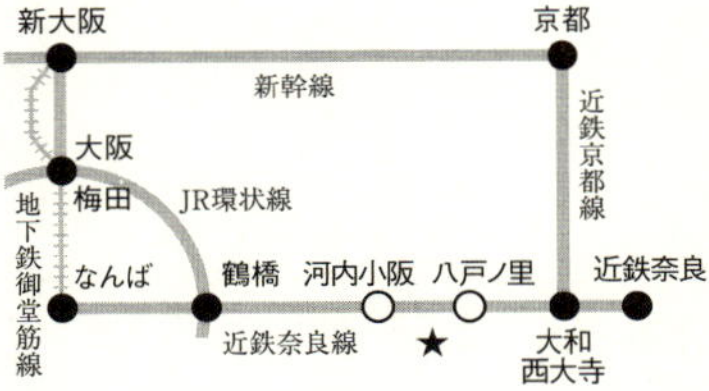

アクセス　近鉄奈良線「河内小阪駅」下車、徒歩12分。「八戸ノ里駅」下車、徒歩8分。
Ⓟ5台　大型バスは近くに無料一時駐車場あり。但し事前にご連絡ください。

記念館友の会　ご案内

友の会は司馬作品を愛し、記念館を支えてくださる会員の皆さんとのコミュニケーションの場です。会員になると、会誌「遼」（年4回発行）をお届けします。また、講演会、交流会、ツアーなど、館の行事に会員価格で参加できるなどの特典があります。

年会費　一般会員3000円　サポート会員1万円　企業サポート会員5万円
お申し込み、お問い合わせは友の会事務局まで
TEL 06-6726-3859　FAX 06-6726-3856